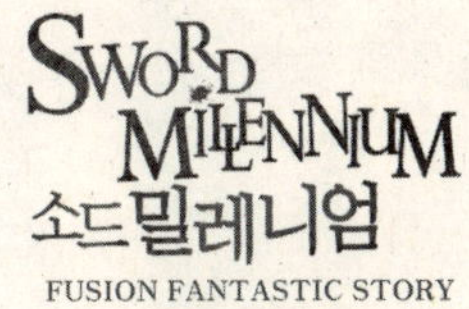

SWORD
MILLENNIUM
소드밀레니엄
FUSION FANTASTIC STORY
유왕 퓨전 판타지 소설

소드 밀레니엄 5

유왕 퓨전 판타지 소설

초판 1쇄 찍은 날 § 2013년 8월 8일
초판 1쇄 펴낸 날 § 2013년 8월 14일

지은이 § 유왕
펴낸이 § 서경석

편집부장 § 권태완
편집책임 § 어정원
디자인 § 이혜정

펴낸곳 § 도서출판 청어람
등록번호 § 제1081-1-89호
등록일자 § 1999. 5. 31
어람번호 § 제1-1656호

주소 § 경기도 부천시 원미구 심곡2동 163-2 서경B/D 3F (우) 420—822
전화 § 032-656-4452 팩스 § 032-656-4453
http://www.chungeoram.com
E-mail § chungeoram@chungeoram.com

ⓒ 유왕, 2013

ISBN 978-89-251-3413-0 04810
ISBN 978-89-251-3138-2 (세트)

SWORD MILLENNUM

5

[완결]

소드 밀레니엄

유왕 퓨전 판타지 소설

FUSION FANTASTIC STORY

청어람

Contents

CHAPTER 01
패배

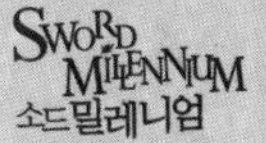

로크, 그리고 바알.

두 사람 모두 한 시대를 풍미한 검사였다.

현 시대의 류지 후작과 같은 위치에 서 있던 인물이 바로 그들인 것이다.

대륙 제일검이라는 단어는 아무에게나 주어지는 것이 아니다.

대륙 제일검은 수많은 마스터들을 압도적으로 누를 수 있는 힘이 있는 자에게 주어지는 호칭이다.

때문에 대륙 제일검이 등장하지 않았던 시기도 수없이 많왔다.

자하르는 로크와 바알을 눈앞에 둔 채 천천히 검을 들어 올렸다.

그중, 자하르의 시선이 향한 곳은 로크가 있는 곳이었다.

"…로라스?"

"이 녀석과 아는 사이인가?"

로크가 자신의 얼굴을 손가락으로 가리키며 물었다.

자하르는 놀란 표정으로 로크의 얼굴을 찬찬히 뜯어보았다.

그냥 닮은 정도가 아니었다. 로라스의 얼굴과 완전히 똑같이 생긴 녀석이, 자신을 스스로 로크라 밝히며 어마어마한 기세를 내뿜고 있었다.

"강령술사 녀석이 이 몸뚱이에 내 영혼을 불어넣었더군. 어떻게 된 건지 예전 원래 나의 힘까지 함께 돌아왔어. 골격이나 신장까지 살아생전의 몸뚱이와 거의 완벽히 일치해서 큰 거부감도 없고 말이지."

"…역시."

대충 예상은 했던 바였다.

강령술사가 누군가의 몸을 필요로 한다는 것은, 그 몸을 이용해 언데드를 제작하거나 타인의 영혼을 불어넣을 때뿐이었다.

　언데드를 만들기 위해서라면 좀 더 뛰어난 기사들을 사로
잡았을 것이다.
　데스 나이트와 같은 언데드의 힘은 살아생전 기사의 실력
과 비례하기 때문에.
　로라스의 실력은 자하르가 잘 알고 있었다. 평기사보다 못
한 수준의 로라스를 언데드를 제작하기 위한 재료로 데리고
가지는 않았을 터.
　그렇다는 것은 즉, 타인의 영혼을 불어넣기 위함밖에 없었
다.
　'로라스가 로크의 그릇이었나?'
　로크와 일치하는 완벽한 골격.
　의외였다. 범재보다 못해 보이던 그 로라스가, 옛적 대륙
제일검으로 이름을 날렸던 로크와 같은 골격을 가지고 있었
다니…….
　자하르는 조용히 숨을 죽인 채 로크를 살폈다.
　'최소 에드안보다 강하다.'
　방금 전 느꼈던 기세만 하더라도 이미 에드안 이상이었다.
물론 무초식을 다루는 에드안보다 검술이 나을 것이라 생각
한다면 확신할 순 없었다.
　더군다나 로크의 옆으로 바알까지. 자하르는 한숨이 푹 나
오려는 것을 참았다.

‘미치겠군.’

바로 인근에 마스터인 루센과 아군 병사들이 있지만 그들에게 도움을 바라는 것은 사실상 힘들었다.

이 싸움은 초인들의 싸움. 이제 막 마스터에 오른 루센이나 평범한 병사들의 도움으로 승패가 달라지지는 않는다.

“싸울 생각인가?”

검을 들어 올린 자하르를 보며 로크가 물었다.

“싸우기 싫어도, 싸울 수밖에 없지 않겠어?”

“말이 짧아졌군.”

“너희도 다 알고 오지 않았나? 나 카르안이야. 로크, 바알, 너희보다 검을 먼저 잡은 선배시라, 이거지.”

“그런가?”

새파란 외모를 한 자하르의 말이었지만 로크는 이해했다는 듯 고개를 끄덕였다.

실제로 자하르의 말처럼 로크 등은 자하르의 몸에 들어와 있는 존재가 카르안이란 사실을 이미 알고 있었다.

또한, 카르안은 천 년 전의 인물이다.

반면 로크는 700년 전, 바알은 불과 300년 전의 인물이었다.

카르안은 그들에게 있어서 확실히 선배가 맞았다.

자하르 역시 그런 뜻에서 에드안에게 선배로서 예의를 다했다.

"미안하지만 존대를 해줄 수는 없겠군. 이유야 어쨌든 검을 맞대야 하잖나. 더군다나 자네 외모가 존대하기 거북하기도 하고."

"애초에 존대를 바라지도 않았어. 그나저나, 두 사람이서 합공이라도 할 참인가?"

자하르는 은근하게 로크와 바알의 자존심을 건드렸다.

마스터에 오른 검사는 애당초 합공을 꺼려한다. 스스로의 실력에 대한 자부심이 상당한 탓이다.

더군다나 로크와 바알은 마스터 중에서도 세인트급에 오른 마스터.

자하르와 같은 경지에 오른 그들인 만큼 합공을 하지는 않으리라는 생각에서였다.

하지만 그런 자하르의 기대는 상큼히 무너졌다.

"미안하지만 우리 몸은 우리 뜻대로 움직이는 게 아니라서 말이지. 빌어먹게도 흑마법사 녀석들이 널 죽이라고 했으면, 우린 합공해서라도 그럴 수밖에 없는 처지야."

"끄응."

바알의 설명에 자하르가 앓는 소리를 냈다.

하긴, 에드안에게 이미 다 들어서 알고 있지 않았던가. 단지 혹시나 하는 생각이었을 뿐이다.

"그래도 말이지, 우리 목표는 자네를 죽이는 것이 아니야."

"…그럼?"

"자네를 사로잡는 것이지. 그리고 또, 저 뒤에 있는 성을 무너뜨리라는 명령도 있더군."

자하르가 눈을 치켜떴다.

휙 고개를 돌려 뒤를 확인한 그가 다시 로크와 바알을 돌아 봤다.

"웃기지 않는가? 자네를 죽이지 말라니. 아무래도 우리 둘이 합공해서 자네를 사로잡으라는 것 같네."

"…그렇게 둘 것 같습니까?"

자하르가 오러를 끌어 올리며 로크와 바알을 향해 살기를 뿌렸다.

저들의 목적이 자신이 아님을 알게 된 이상, 주저할 필요가 없었다. 무슨 연유인지 흑마법사들은 자신을 죽이지 말라고 하였다.

그렇다면 필시 저들은 그렇게 할 것이다. 더군다나 사로잡혀줄 생각은 추호도 없었다. 문제는 뒤쪽의 크란 제국의 병사들이다.

쉬익—!

자하르의 신형이 바알에게로 향했다. 어느새 나타난 자하르의 신형이 바알의 옆을 베어갔다.

쩌엉—!

주르르륵—

자하르의 검을 막아낸 바알의 신형이 쭉 밀려났다. 기습적인 공격이었는데, 바알은 별 무리 없이 막아낸 것이다.

"이거 방심하면 안 되겠군. 나 못지않게 빠른데다가, 힘도 제법 강하니."

바알은 저릿해 오는 손아귀를 느끼며 자하르를 경계했다.

처음 에드안이 당했다는 말에 대수롭지 않게 생각한 그였다.

아무리 카르안이라지만, 환생한지 고작 몇 년밖에 되지 않았던가.

그 짧은 시간동안 에드안을 꺾을 만큼 강해졌으리라고는 생각하기 힘들었다.

아니, 애초 카르안이 살아 돌아오더라도 최소한 지지는 않을 자신이 있던 바알이었다.

하지만 직접 한 수를 붙어본 지금에는 그 생각이 판이하게 바뀌었다.

"저 혼자는 무리 같습니다."

바알은 자하르를 일대일로 붙어서 이길 자신이 없었다. 방금 전 한 수만 보더라도 충분히 예상이 가능했다.

로크는 성큼 바알의 앞으로 나섰다. 그러자 강한 압박이 근

방의 나무들이 폭삭 주저앉히고, 자하르와 바알의 어깨를 짓눌렀다.

"먼저 가라. 이 녀석은 내가 상대하마."

"혼자 가능하시겠습니까?"

"충분하다."

슥—

바알의 걸음이 자하르의 뒤쪽으로 향했다. 단 한 차례 발을 움직였다 싶었는데, 어느새 그의 몸은 저 멀리 향하고 있었다.

따라간다면 따라갈 수 있을 테지만 자하르는 그러지 않았다.

그러기에는 눈앞에 있는 로크가 위협적임을 잘 알기에 그러했다.

마스터들 간 싸움에서 찰나의 허점이 얼마나 큰 위협이 되는지를 그간의 경험이 증명하고 있으니 말이다.

"현명하군."

"둘이서 같이 덤비지 않는 게 다행이지. 일대일로, 각개격파를 한다면 충분히 이길 자신이 있거든."

"가능하리라 생각하나? 아니, 설사 그게 가능하더라도 저기 있는 녀석들은 이미 다 죽은 후겠지."

"그러지 않도록… 최대한 빨리 끝내면 돼."

콰아아아—

더 이상 잡담을 나눌 시간 따위는 없다는 듯, 자하르가 처음부터 전력으로 기세를 끌어 올렸다. 결코 로크에 못지않은 기세였다.

“상당하군. 말로만 들었는데, 카르안이 정말 대단하긴 대단해.”

“카르안? 내가?”

쉬익—

쾅—!

자하르의 검이 로크를 후려쳤다.

검집에서 반쯤 뽑혀진 로크의 검이 자하르의 검을 막아냈다.

피차 전력을 끌어 올린 두 사람의 검이 부딪히며 지면이 움푹 파이고 굉음을 만들었다. 로크는 눈을 동그랗게 뜨며 자하르의 실력에 감탄했다.

“내가 진짜 카르안이었으면, 너희 둘 다 벌써 죽었어.”

“오만한 말이군.”

“개소리 작작해라. 네가 카르안에 대해 뭘 안다고 나불거려? 난 천 년 전에 카르안이었어. 그래서 내가 가장 잘 알아. 지금 난, 진짜 카르안의 반도 못 미쳐.”

쿠구궁—!

자하르와 로크가 서 있는 지면이 움푹 가라앉았다. 두 사람이 끌어올린 힘이 주위를 부식시킬 정도까지 올라간 것이다. 동시에 두 사람의 몸이 위로 튕겨져 올라갔다.

자하르는 황급하게 로크와 거리를 벌렸다. 놀란 눈으로 자하르가 주위를 살폈다.

"방금 그건……?"

"이거 말인가?"

로크가 검을 잡지 않은 한쪽 손을 들어 자하르를 가리켰다. 그러자 자하르의 몸을 거대한 중력이 짓눌렀다.

자하르는 어깨를 짓누르는 압력에 눈살을 찌푸렸다. 몸이 꺾일 정도는 아니었지만 그렇다고 무시할 수준도 아니었기 때문이다.

"이게 뭐지?"

"나름의 잔재주다. 너 정도라면 움직일 수는 있겠지만, 부담은 줄 수 있겠지."

"잔재주라기엔 좀 많이 거슬리는데?"

"그렇다면 다행이군."

쉬익—!

로크의 몸이 자하르를 향해 쇄도했다. 직선으로 뻗어오는 검의 압력에 움찔 놀란 자하르가 급히 검을 마주 휘둘렀다.

꽈과광—!

“큭.”

손목에서 느껴지는 통증에 자하르가 눈살을 찌푸렸다. 생각 이상으로 로크의 검은 무거웠다. 자하르는 신음을 억누르며 검의 방향을 틀었다.

카가가각—!

자하르의 검이 로크의 검날을 스치고 지나가 얼굴을 스쳤다.

그대로 얼굴을 노린 것인데, 로크가 살짝 얼굴을 틀어 피한 것이다.

자하르는 그 뒤로 집요하게 로크를 베기 위해 검을 휘둘렀다.

로크는 검을 들어 막기도 하고, 몸을 비틀어 검을 피하기도 했다.

복잡하게 휘둘러져 오는 자하르의 무초식은 로크도 진땀을 빼게 할 만큼 어지러웠다.

쉬이익—

쩌정—!

한 번 크게 휘두른 로크의 검에 자하르의 검이 들려 올려졌다.

그 틈을 타 로크가 뒤로 쭉 물러섰다.

기회를 놓친 자하르는 자신의 검을 바라보며 낮게 혀를

찼다.

"쳇."

"이건 뭐지?"

"무초식. 아마 생전 처음 본 검술일 거야. 익숙해질 수가 없는 검술이니까."

무초식을 구사하는 검사는 한 세대에 한 명 태어날까 말까 였다.

최소한의 조건이 마스터를 넘어, 세인트급 마스터가 되어 야 한다는 것이었고, 그 조건을 충족하더라도 무초식을 구사 해낸 검사는 고작 자하르와 에드안 둘 정도가 전부였으니 말 이다.

하지만 자하르는 무초식이야말로 카르안처럼 강해지기 위 한 초석이라 생각했다.

그리고 실제로 무초식보다 강한 검술도 지금껏 찾아보지 못했다.

로크를 만나기 전까지는 말이다.

'뭐, 저렇게 무식한 검술이 다 있어?'

로크의 검술은 정말이지 중검의 정석을 밟고 있었다. 무식 하게 무겁기만 한, 검술의 초보들이나 휘두를 그런 검처럼 보 였다.

하지만 그 속에는 은연중 상대를 짓누르는 중검의 묘리를 담고 있었다.

무엇보다도 중검의 극에 달해 기세만으로 주위를 짓누르는 능력은 카르안조차도 흉내 낼 수 없었다.

"무초식? 재미있는 검술이긴 하군. 하지만 특색이 없어."

슈욱—

꽝—! 쫘광—!

로크의 검이 자하르의 검을 계속해서 후려쳤다. 애초에 로크는 자하르를 베기보다는 검을 부수는 것이 목적인 듯, 집요하게 검을 때리기를 반복했다.

'죽겠군. 이놈의 중력.'

자하르는 로크의 검을 막아내면서도 계속해서 중력이 신경 쓰였다.

크게 움직이는 데에 무리가 가는 것은 아니었다. 어깨가 무겁긴 해도 움직이지 못하는 것도 아니고, 크게 힘이 들지는 않았다.

하지만 그것이 서로 엇비슷한 실력의, 그것도 강한 힘으로 밀어붙이는 상대라면 싸움에 큰 영향이 미쳤다.

방금 전 공방에서도 그대로 얼굴을 베어 버릴 수도 있었는데, 검의 무게가 순간적으로 무거워지며 타이밍을 놓치고 만 것이다.

"벌써 지쳤나?"

로크가 잠시 검을 거두었다.

자하르는 뒤로 몇 걸음 물러나며 자신의 손을 바라봤다. 손이 미세하게 떨리며 고통이 점점 올라오고 있었다.

자하르는 헛웃음을 삼키며 로크를 바라봤다.

"왜 계속해서 공격하지 않지?"

"난 널 죽일 생각이 없다."

"개소리 마. 네가 죽일 생각이 없는 게 무슨 상관이야? 날 사로잡아야 한다며?"

"그래, 그래서 멈췄다. 죽이려면 진즉 죽였겠지만, 죽여서는 안 되니."

자하르는 자존심이 상했다.

그 말대로라면, 방금 전 로크는 자신을 죽일 수 있었다는 뜻이었으니까.

다른 사람의 변덕으로 인해 목숨을 부지한다는 사실 자체가 자하르의 기분을 언짢게 만들었다. 그리고 그 사실을 뒤집고 싶었다.

"착각도 그 정도면 수준급이지. 다시 덤비기나 해. 방금 네가 무슨 헛소리를 했는지 가르쳐 줄 테니까."

"아니, 이쯤에서 마무리 지어야겠어."

"아까부터 무슨 헛소리를……."

자하르의 몸이 휘청거렸다.

어깨를 짓누르는 압력이 갑작스레 강해졌다. 주위의 땅이 움푹 파이고, 중력의 영향으로 대기가 일그러지는 듯이 보였다.

"크윽."

다리에 힘을 바짝 준 자하르가 로크를 노려봤다.

그 때, 로크가 쥐고 있던 검을 바닥에 떨구었다.

"지금 뭐하는… 헉!"

자하르가 숨을 깊게 들이쉬었다.

몸이 터져 나갈 것만 같았다. 이제는 몸을 가누기가 힘들 정도였다. 단순히 서 있는 것조차도 힘에 부칠 만큼 위력이 강해진 것이다.

'중력? 아니, 이건 단순히 그런 개념이……'

중력과는 전혀 다른 느낌이었다.

숨이 턱 막히고 움직여서는 안 될 것 같은, 본능적인 몸의 신호였다.

팔과 다리가 부들부들 떨렸다. 자하르는 이를 악물며 몸을 움직이려고 노력했다.

"소용없다. 적어도 나와 같은 경지에 오르지 않고서는 말이지."

"큭."

분함에 치를 떨며 자하르가 다리를 부르르 떨었다. 단순히 힘을 준다고 해서 벗어날 수 있는 힘이 아니었다.

절대적이었다.

지금껏 버틴 것조차 대견할 정도로.

로크는 지금껏 자하르가 만난 그 어느 검사보다도 강했다. 카르안이 아니고서는 그를 상대할 수 있는 검사는 존재하지 않을 것이다.

"그럼, 슬슬 끝을 내야겠군."

"크윽."

자하르가 힘겹게 검을 들었다.

검을 든 팔이 부르르 떨렸다. 검이 무겁다고 생각이 든 것은 지금껏 처음이었다.

이런 상태로는 검을 제대로 휘두르는 것조차 힘이 들 것 같았다.

후웅—

로크의 검이 천천히 휘둘러져왔다.

평소라면 하품이 나올 정도로 느릿한 검이었다.

하지만 그 속에 담긴 무게는 결코 가볍지 않았다.

자하르는 온몸의 오러를 최대한 끌어 올려 로크의 검을 받아쳤다.

쫘아앙—!

검이 부딪히며 마치 무언가 폭발하는 것 같은 소리를 만들었다.

자하르가 서 있는 지면이 움푹 파였다. 자하르는 검을 양손으로 받혀 간신히 쓰러지는 것을 모면했다.

"애쓰는군."

"이런 잔재주 말고, 검으로 상대하지?"

이를 으득 깨물며 자하르가 로크를 노려봤다.

잔재주라고 폄하하긴 했지만 로크의 능력은 대단한 것이었다.

단순히 강하다는 차원을 떠나, 로크는 중검의 극을 깨달으며 검 이외의 또 다른 이능을 깨우친 것이다.

마스터의 기세는 날카로운 칼날처럼 상대를 베어낼 수 있었다.

또한, 마스터의 기세에 눌린 사람들은 어깨가 짓눌리는 듯한 느낌을 받는다고도 한다.

하지만 그것과 이것은 전혀 별개였다. 로크는 착각 따위가 아닌, 진짜로 중력을 뒤바꾸고 있었다.

마치 마법처럼 말이다.

"이것 또한 내 힘이다."

로크의 단호한 말에 자하르는 할 말을 잃었다.

틀린 말이 아니었다. 이것 또한 로크가 뼈를 깎는 노력으로 얻어낸 힘인 것이다.

로크의 검에 짓눌리던 자하르의 팔이 서서히 아래로 떨어졌다.

로크는 검을 떼고 자하르의 검에 손을 가져갔다. 로크의 손이 자하르의 검을 짓눌러 아래로 떨어뜨렸다.

자하르의 검을 떨어뜨린 로크의 시선이 자하르의 뒤쪽으로 향했다.

"슬슬 저기도 끝이 났나 보군."

타는 냄새. 그와 동시에 자하르의 시선이 돌아갔다.

멀리 불타고 있는 성이 보였다.

"이런 개 같은……."

자하르가 낭패한 표정을 지었다.

빠르게 로크를 쓰러뜨리고 바알을 쫓을 생각이었는데, 로크를 쓰러뜨리기는커녕 지고 말았다.

이유가 무엇이든 자신은 사로잡히긴 해도 죽지는 않을 것이지만, 성은 달랐다.

아니, 사실상 성의 유무는 상관없었다. 어차피 타국의 영지이고, 자하르에게는 국가간의 문제 따위는 알 바 아니었으니 말이다.

하지만 영지에 남아 있는 병사들이나 루센의 생사 여부는 별개였다.

"분한가?"

로크가 자하르를 내려다보며 물었다.

자하르가 입술을 깨물었다.

분하지 않을 리 없었다.

이토록 스스로가 무기력하게 느껴지기는 처음이었다.

검이라도 신나게 휘둘렀다면 모를까, 그런 것조차 아니었으니 말이다.

입술을 깨무는 자하르를 내려다보며 로크가 씁쓸한 어투로 말했다.

"다음번엔 진짜 카르안을 기대하지."

퍼억—!

CHAPTER 02
루셴과 바알

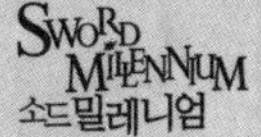

"쯧, 이게 대체 뭐하는 짓인지."

불타고 있는 식량 창고를 보며 바알이 중얼거렸다.

한때 대륙 제일검이었던 자신이 성에 몰래 잠입해 불이나 질러야 한다는 사실이 그렇게 못마땅할 수가 없었다.

그것도 자신이 그토록 경멸하던 흑마법사들의 명령에 의해서 말이다.

"그것 참, 자~ 알도 탄다."

두두두두두두—

바알의 시선이 진동이 들리는 곳으로 향했다.

많은 사람들의 발소리였다.

식량 창고에서 불이 나는 것을 확인하고는 누군가가 다가오고 있는 것이었다.

바알이 받은 명령은 식량의 방화가 전부가 아니었다. 그것을 넘어, 성 자체를 완전히 태우고 부수는 것이 바알의 목적이었다.

그러기 위해서는 불을 끄도록 내버려 둬서도 안 되고, 바알 스스로가 더 난동을 부릴 필요가 있었다.

"여기다!"

한 청년의 외침과 함께 식량 창고의 문이 덜컥 열렸다.

루센을 선두로 수많은 병사들이 식량 창고에 들이닥쳤다. 불타는 식량을 확인한 루센의 눈동자에 동요가 맺혔다.

"대체 누가……?"

"호오, 꽤나 젊어 보이는데 그 나이에 마스터라? 이거 물건이 하나 더 있었군."

스릉―

"누구냐!"

"아까부터 여기 있었는데, 눈이 어두운가?"

루센은 목소리가 들려온 방향으로 검을 겨누었다.

바알은 여유롭게 팔짱을 낀 채 루센, 그리고 뒤쪽의 병사들을 바라보았다.

　바알을 발견한 병사들이 서서히 자신들의 적을 중심으로
포위망을 만들었다.

　"사람 보는 눈이 없군."

　"정체를 밝혀라. 흑마법사들의 주구인가?"

　루센이 위협적으로 검을 들이대며 물었다.

　바알의 표정이 와락 구겨졌다. 차마 아니라고 대답할 수 없
는 상황인 것이다.

　"이걸 보고 판단해라."

　바알이 허리춤에 매단 검을 검집째 들어 올렸다. 루센의 눈
이 반짝 빛났다.

　"마스터? 혹시, 프랑크 왕국의 새로운 마스터인 건가?"

　"다르지. 새로운 마스터라고 하기엔, 너에게 까마득히 먼
선배일 테니."

　"…무슨 소리요?"

　"이미 들어서 알고 있을 테니 말하지. 내 이름은 바알. 빌
어먹을 흑마법사 새끼들이 부활시킨, 300년 전의 마스터
다."

　"바알……?"

　루센이 눈을 휘둥그레 뜨며 주춤 뒤로 물러섰다. 그제야 상
대의 범상치 않은 기도가 눈에 들어온 것이다.

　류지 후작과 비등한 접전을 벌인 300년 전의 마스터.

루센 역시 그에 대한 소식을 이미 들어 익히 알고 있는 사실이었다.

때문에 바알을 상대로 싸움을 거는 것이 얼마나 무모한 도전인지 또한 알 수 있었다.

"반응을 보니 다행히 말이 통하겠군."

스릉—

바알이 검을 뽑아 들었다. 루센과 함께 뒤쪽의 병사들이 바짝 긴장했다.

촤아아악—!

섬뜩한 소리와 함께, 병사들의 목이 잘려져 나갔다.

가벼운 발검과 함께 퍼져 나간 검풍은 한낱 병사들이 눈치챌 만한 것이 아니었다.

마스터에 오른 루센은 그나마 무언가가 날아온다는 생각과 함께 오러를 끌어 올려 방어한 상태였다. 다시 한 걸음 주춤 뒤로 물러난 루센은 마른침을 삼켰다.

'마스터에 오르지 않았다면, 죽었을 것이다.'

"도망가게. 죽이고 싶지 않으니. 특히 너같이 재능있는 후배는 더더욱."

루센의 다리가 후들후들 떨렸다.

몸은 당장에라도 도망치라는 듯 자꾸만 반응하려고 했다.

하지만 루센은 이를 악물며 그런 감정을 꾹 눌렀다.

"그럴 순 없습니다."

"왜지?"

"성의 방어 역시, 제 역할이니까요."

루센은 류지 후작가의 지원군의 총사령관의 역할을 하고 있었다.

경험이 미숙해 그 옆으로 많은 조언 역할을 할 귀족들이 있긴 했으나, 결정권은 루센에게 있는 만큼 그의 역할이 크다고 할 수 있었다.

더군다나 루센은 자존심이 강한 편이었다.

상대가 제아무리 바알이라고 하나, 개인 한 명을 막지 못해 물러선다면 크란 제국, 그리고 류지 후작가를 욕보이는 일이라 생각했다.

"아쉽군. 자네 같은 사람을 내 손으로 죽여야 하다니 말이야."

"쉽게 죽어 주지는 않을 겁니다."

루센은 호흡을 가다듬고 정신을 집중했다.

지금은 그 어느 때보다도 위험한 순간이었다. 한순간의 방심이, 혹은 한순간 흐트러진 집중력이 죽음으로 이어질 수 있었다.

마스터에 오른 스스로의 능력을 십분 발휘하여 최대한 자하르가 올 때까지 버티는 것이 그의 역할이었다.

'자하르, 그 녀석과 합공을 한다면…….'

루셴은 자하르의 능력을 잘 알고 있었다.

에드안까지 쓰러뜨린 그가 아니던가? 아무리 류지 후작과 호각을 이룬 바알이라지만, 자하르와 함께 합공을 한다면 쓰러뜨리지 못할 것도 없었다.

"잡생각이 많군."

바알의 한마디에 루셴의 집중력이 최고조에 이르렀다.

"오십시오."

"그럼 어디……."

슥—

바알의 신형이 그림자 아래로 푹 꺼졌다. 한순간 그의 모습을 놓친 루셴이 분주히 눈동자를 굴렸다.

캉—!

"흐읍!"

바알의 신형이 루셴의 바로 앞에서 나타났다. 아슬아슬한 차이로 공격을 막아낸 루셴을 보며 바알이 감탄한 표정을 지었다.

"호오? 반응이 빠르군."

휘리릭—

카각— 카가가가각—!

순식간에 수십여 번의 공격이 루셴에게로 퍼부어졌다.

루셴은 모든 오러와 집중력을 끌어 올려 바알의 공격을 막아냈다.

좌라라락—!

두 마스터의 공방의 여파로 인해 근처의 병사들이 하나둘 쓰러졌다.

오러의 영향보다는, 검이 부딪히며 퍼져가는 검풍에 의한 결과였다.

"잘 막는군. 그나저나, 공격은 않고 방어만 할 생각인가?"

"후우, 애초에 이길 생각은 없습니다."

루셴의 이마에 송골송골 땀이 맺혔다. 짧은 공방이었지만 온 신경을 집중한 터라 체력적인 부담이 상당했다.

바알의 검은 무섭도록 빨라, 마스터인 루셴이라고 하더라도 한순간 집중을 흐트러뜨리면 그대로 목이 날아갈 위험이 있었다.

그조차도 공격을 포기한 채 방어만을 하고 있기에 가능한 일이었다.

"자하르라는 녀석을 기다리고 있느냐?"

"……."

"그것 참 아쉽군. 그 녀석은 못 올 게다. 다행히 죽지는 않겠지만, 여긴 못 와."

바알의 말에 루센이 되물었다.

"무슨 소립니까?"

"방금 전에 만나고 오는 길이거든. 그쪽에 있는 상대는 나보다도 강하지. 로크라고 하면 아는 이름이려나?"

로크라는 이름에 루센의 눈동자가 급격히 떨렸다.

바알처럼 대륙을 구한 영웅까지는 아니더라도, 로크 역시 한때 대륙 제일검으로 위명을 떨쳤던 검사다. 다 무너져 가는 왕국을 일개 개인의 힘으로 일으켜 세워 제국을 만든 인물이 바로 로크였다.

하지만 대륙을 구해낸 바알에 비해, 그 강함이 비교적 잘 알려져 있지 않은지라 로크가 바알보다 강하다는 사실은 루센에게 있어 의외일 수밖에 없었다.

"그가… 당신보다 강하다는 말입니까? 아니, 그 전에… 흑마법사들은 대체 몇 명의 마스터를 부활시킨 겁니까?"

"내가 아는 대륙 제일검은 에드안님과 로크님, 그리고 나. 이렇게 셋이다. 뭐, 에드안님은 자하르라는 녀석에게 이미 당하고 없지만 말이야."

루센은 눈앞이 검게 변하는 것만 같은 느낌을 받았다.

당장 바알 한 사람만 하더라도 벅찬데, 그보다 강한 로크까지 있다니 막막할 수밖에 없었다.

　더군다나 흑마법사들의 세력은 또 얼마던가? 그리고 그 뒤에 버티고 있는 아이작은?

　이야기를 마친 바알이 다시금 검을 들었다.

　"자, 이야기는 이만 끝이다. 그리고 아무래도 네 명줄도 여기까지인 듯하구나."

　"그렇게 쉽지 않을 겁니다."

　"아니, 끝이야. 네놈 검술, 낯이 익다 싶더니 류지 후작인가 하는 녀석의 검술이더군. 수준이 너무 달라서 못 알아볼 뻔했어. 두 번이나 겪어본 검술, 게다가 이제 갓 마스터에 오른 녀석이라면 길게 끌 것도 없지. 죽이고 싶지는 않지만 이 몸뚱이에 각인된 명령은 당장 널 죽이라고 아우성이구나."

　스윽―

　바알의 검이 높게 올라갔다.

　루센은 다시금 바알의 검을 놓치지 않기 위해 신경을 집중했다.

　높게 들어 올린 검이 떨어지는 순간, 자칫 잘못하면 자신의 몸이 두 동강 날지도 모른다는 사실을 계속해서 되뇌었다.

　우우우웅―

　바알의 주위로 오러가 거세게 소용돌이쳤다.

일반적인 오러와는 달리, 바알의 오러는 날카로웠다. 소용돌이치는 것만으로도 주위를 찢어발길 정도였다.

루센과는 달리, 바알은 지금껏 모든 오러를 끌어 올리지 않았던 것이다.

"잘 가거라."

쉬익―

바알의 검이 천천히, 아래로 떨어졌다.

루센의 눈에는 그렇게 보였다.

또한, 살아 있는 병사들의 눈에도 보일 정도로 검은 아주 느렸다.

하지만 쾌검의 극을 깨달은 바알의 검이 마냥 느릴 리는 없었다.

루센은 본능적으로 바알의 이번 공격이야말로 지금까지의 그 어느 공격보다 더욱 빠르고 피하기 어려울 것이라 직감했다.

스격―!

쩌저적―

"어… 어?"

루센의 시야가 반으로 갈라졌다.

정확히 시야의 중앙을 기준으로 세상이 무너지기라도 한 듯 서서히 갈라졌다.

동시에, 식량 창고를 포함한 성이 반으로 쪼개어졌다.

＊　　＊　　＊

쿠구구구ㅡ

　무너지는 성을 빠져나온 바알은 조금 떨어진 곳에서 그 모습을 지켜봤다.

　마스터가 일 검에 산을 베어낸다는 소리는 다소 과장이 섞인 소문이었다.

　하지만 일부, 바알과 같은 경지에 이른 마스터들에게는 그런 허울 가득한 소문이 사실로 통용되곤 한다.

　바로 이번과 같은 경우였다. 검끝에 신경을 집중해, 가능한 최대의 빠른 쾌검과 함께 무시무시한 오러의 검풍을 날려내는 기술이었다.

　극한의 쾌검이 가능한 바알이기에 가능한 일이었다. 반대로 중검을 사용하는 로크였다면 성을 통째로 짓눌러 무너뜨렸을 것이다.

　"끝났나?"

　바알이 생각하는 대상은 무너져 가는 성이 아니었다.

　미처 생사를 확인하지 못한 루센의 모습이었다. 바알의 마지막 공격은 검을 휘두른 그의 시아조차도 쫓아가지 못할 만큼 빠른 공격이었다.

생사는 확인하지 못했지만, 바알은 확신할 수 있었다.

"피할 수 있을 리가 없지."

당연했다.

정작 검을 휘두른 본인조차도 보이지 않는 빠르기였다. 류지 후작이라면 직감에 맡겨 어찌어찌 피할 가능성이 있겠지만, 루센에게 그것을 기대하기는 무리였다.

막 마스터에 오른 풋내기.

루센이 바알의 마지막 공격을 피해냈을 확률은 전혀 없다고 봐야 했다.

"짜증나는군."

식량을 불태우고, 성을 무너뜨렸다. 거기다가 크란 제국의 지원군의 총사령관인 루센을 죽였다.

흑마법사가 각인한 명령은 모두 끝났다고 봐도 무방했다.

꼭두각시.

바알은 몹시도 기분이 더러웠다.

타인이 조작해 놓은 명령대로 움직인다는, 그것도 그토록 경멸하던 흑마법사들의 의지대로 몸을 움직인다는 사실이 몸서리치도록 소름끼쳤다.

"살아 있거라."

바알이 몸을 휙 돌렸다.

로크와 바알, 두 사람은 모두 플루토가 내린 명령을 완벽히
수행했다.

CHAPTER 03
마스터의 구슬

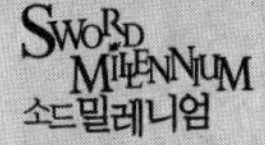

끼익— 끼이익—

마차 한 대가 요란스럽게 숲을 통과했다.

몬스터의 출몰이 잦은 숲속이었지만, 마차는 지금까지 단 한 번도 몬스터를 만나지 않았다.

그럴 만도 했다.

몬스터는 흔히 숲의 포식자 역할을 하고 있었다. 하지만 마차를 타고 있는 사람들은 하나같이 몬스터 이상 가는 포식자들이었다.

하나하나가 마스터, 그 이상 가는 무력을 지닌 이들.

몬스터들 역시 본능적으로 그들의 강함을 느끼고 있었다. 막연하게 덤비면 안 된다는 것을 인지한 것이다.

마차를 몰고 있는 사람은 다름 아닌 바알이었다.

한때 대륙 제일검이었던 그가, 한낱 마부로 전락한 꼴이었다.

마차가 도착한 곳은 과거 자하르와 에드윌 후작이 흑마법사들로부터 추격을 받았던 프랑크 왕국의 수도와 인접한 숲이었다.

숲의 깊숙한 곳에는 작은 오두막집이 하나 있었는데, 마차가 들어선 곳이 바로 그곳이었다.

"여전히 기분 나쁜 곳이군."

로크는 눈살을 찌푸리며 자하르를 어깨에 들쳐 멘 채 마차에서 내렸다.

오두막집의 주위로는 짙은 흑마나가 끼어 있었다. 그 정도가 어찌나 강한지, 그곳 주변의 나무들은 온통 생기를 잃고 검게 변해 있었다.

흑마나를 싫어하는 로크와 바알의 얼굴이 절로 찌푸려졌다.

그리고 흑마나에 반응해 자하르의 정신이 서서히 돌아왔다.

"큭……."

"정신이 드나?"

털썩―

로크가 자하르를 바닥에 내팽개쳤다.

그 충격에 서서히 돌아오던 자하르의 의식이 완전히 깨어났다.

"여긴……?"

"흑마법사들의 본거지, 라고 해야 하나?"

흐릿한 눈으로 주위를 둘러보던 자하르가 짙게 끼어 있는 흑마나에 표정을 와락 구겼다.

"딱 보기에도 그래 보이는군."

"환영하기에 썩 좋은 장소는 아니지. 나만 해도 당장 여길 갈아 엎어버리고 싶으니."

"동감이야."

자하르는 몸을 일으키며 로크의 뒤로 섰다.

검에 손을 가져가려던 자하르를 향해 로크가 나지막이 말했다.

"관둬라. 괜히 벌써부터 힘 빼지 말고."

"……"

자하르는 검을 뽑을까 고민하다 결국 손을 놓았다.

어차피 결과는 변하지 않는다. 그것을 알기에 자하르는 수단이 떠오를 때까지 잠자코 있기로 했다.

“그럼 갑시다.”

바알이 앞장서며 이렇게 말했다.

그런 그 뒤에서 로크가 자하르의 등을 밀었다. 바알의 뒤를 자하르가 따르고, 그 뒤를 로크가 따랐다.

자하르는 흑마나의 기운에 헛구역질이 나는 것을 참으며 오두막으로 들어섰다.

오두막의 안은 무척 넓었다.

겉으로는 몇 평 되어 보이지 않았는데, 그 안으로는 어지간한 집무실 못지않은 크기의 방이 마련되어 있었다.

더군다나 지하로 통하는 공간까지 있었다. 텅 빈 오두막의 안을 보며 자하르는 지하로 내려가야 흑마법사가 있을 것이라 확신했다.

“여기부터 안내는 내가 하도록 하지.”

자하르는 목소리가 들려온 방향으로 고개를 돌렸다.

상당한 수준의 흑마법사였다. 지금껏 만나온 흑마법사들 중 가장 수준이 높아보였다.

최소한 베이가 이상 가는 흑마도사. 그래봤자 자하르의 상대는 아니었지만, 충분히 경계할 만한 수준의 흑마도사임에는 분명했다.

“넌 누구지?”

자하르의 물음에 흑마도사, 지스트가 답했다.

“지스트다. 이름을 말해줘 봤자 잘 모를 테니, 그냥 흑마법사들의 장로라고 하는 편이 알아듣기 편하겠군.”

“장로?”

자하르의 눈이 가늘어졌다.

흑마법사들의 장로라면 얼마 전 상대했던 흑마법사, 베이가와 같은 부류였다.

하지만 자하르는 지스트에게서 그와는 전혀 다른 느낌을 받았다.

베이가가 겉만 번드르르한 껍데기라면, 지스트는 그보다는 좀 더 안쪽의 알맹이와 같은 느낌.

하지만 그조차도 확신이 서지 않는 것이, 뿌연 안개가 끼어 있는 느낌이었다.

“네가 이 녀석들을 만들었나?”

자하르가 눈짓으로 바알과 로크를 가리켰다.

그러자 지스트가 고개를 끄덕였다.

“그래.”

자하르는 그의 대답이 사실임을 알 수 있었다.

하지만 그럼에도 그가 배후라는 생각은 들지 않았다.

아니나 다를까.

“내가 이딴 녀석에게 조종당할 것 같나?”

로크의 물음에 지스트의 눈이 가늘어졌다.

　그러자 로크가 눈을 번뜩이며 지스트를 노려봤다. 지스트의 시선이 돌아갔다.

　자하르는 그 행동 하나하나에 지스트가 진짜 배후가 아님을 알 수 있었다.

　로크와 바알을 만든 흑마법사는 지스트가 맞지만, 그들을 조종하는 배후는 따로 있었다.

　"진짜배기는 이 아래에 있다 이건가?"

　"따라와라."

　"그런 말 안 해도… 여기까지 온 이상, 내가 알아서라도 쳐들어 가주지."

　터벅―

　자하르의 걸음이 지하로 향했다.

　앞장을 서겠다던 지스트는 씩 웃으며 자하르의 뒤를 따랐다.

　지하로 이어지는 길은 오두막의 안보다 더욱 의외였다. 조금만 내려가면 될 것 같았던 계단은 끝이 보이지 않을 정도로 깊었다.

　등불 몇 개로 밝혀지던 불빛이 사라지고, 얼마 후.

　한참을 내려가던 자하르의 앞으로 나무로 만들어진 문 하나가 나타났다.

　"여긴가?"

자하르의 중얼거림에 뒤에서 지스트가 재촉했다.

"들어가지."

끼익—

자하르가 손을 대지도 않았는데 문이 저절로 열렸다.

문이 열리고 안으로 드러난 방 안은 오두막과 비슷한 집무실의 풍경이었다.

다른 점이라면 앞서보다 더욱 낡은, 어딘가 모를 음습한 느낌의 집무실이라는 점이었다.

그리고 가장 큰 차이점은 이런 곳이 있을까 싶을 정도로 흑마나가 짙게 깔려 있었다.

바깥에 퍼져 있는 흑마나의 근원지가 바로 이 방이라는 것을 알 수 있었다.

자하르는 흑마나와 함께 코끝을 자극하는 퀘퀘한 냄새에 눈살을 찌푸렸다.

"어서 와라, 카르안."

자하르는 등불에 모습을 밝히고 있는 남자에게 시선을 주었다.

흔들의자에 앉아 여유롭게 자하르를 바라보고 있는 사내, 바로 플루토였다.

자하르는 직감적으로 플루토야말로 지금까지 일의 총체적인 배후임을 알 수 있었다.

“너냐?”

“무엇이 말이냐?”

“이 녀석들 조종하고 있는 새끼 말이야.”

자하르의 욕설에 플루토가 나지막이 대답했다.

“그래.”

“너도 장로냐?”

“그렇다고 할 수 있긴 하지만… 조금 다르지. 장로라는 직책도, 그 자리에 앉아 있는 녀석들도 모두 내 수족이나 다름없으니.”

자하르는 어느새 플루토에게 가까이 다가가 고개를 조아리고 있는 지스트의 모습에 그 말이 사실임을 알 수 있었다.

결국은 모든 흑마법사들의 우두머리가 바로 플루토라는 뜻이었다.

에드안과 바알, 로크를 부활시켜 자신의 수족처럼 다루는 것 역시 플루토의 소행이었다.

“개 같은 새끼.”

“입이 험하군.”

“왜, 그럼 고운 말이 나올 줄 알았냐? 네가 하는 짓거리들이 얼마나 쪽팔리고 좆같은 일인지 알면, 관에 대가리 처박고 평생 잠이나 처 자야지. 그걸 입 밖으로 자랑한다고 떠드는 걸 보니 구역질이 다 난다.”

쾅—!

플루토에게로 달려들던 자하르의 몸이 중간에서 막혔다.

정확히 자하르의 주먹은 플루토의 얼굴 바로 앞에서 멈췄다.

쿵, 하는 소리와 함께 플루토가 씩 웃었다.

"진정하라고."

오러를 담은 주먹이 너무나도 간단하게 막혔다.

자하르는 플루토가 준비해 둔 방어막이 쉽게 부수어지지 않는다는 것을 알 수 있었다.

부술 수는 있겠지만, 그 전에 로크와 바알이 저지를 가할 것이다.

자하르는 주먹을 거두며 플루토의 눈을 노려봤다. 바로 눈앞까지 다가온 자하르에게 플루토가 말을 이었다.

"나는 카르안 너에게 관심이 많다. 로크, 바알, 에드안, 역사에는 대륙 제일검이라는 이름으로 여러 검사들이 있었지만 카르안 너는 그중에서도 특별해."

"잘 아네."

자하르가 퉁명스럽게 대답했다.

플루토의 말처럼 앞에 나열된 검사들과 카르안에게는 분명한 차이가 있었다.

그 차이는 바로 힘이었다.

카르안에게는 다른 대륙 제일검들과 비교되는 압도적인 힘이 있었다.

플루토는 야망이 있었다. 한때 바알이라는 대륙 제일검에게 패했기에 마스터의 힘이 얼마나 대단한지 무척 잘 알고 있었다.

그리고 역사에 기록된 여러 마스터들을 자신의 수족으로 부리고, 끝으로 그들의 힘을 자신의 것으로 만들고자 했다.

그리고 그 연장선에는 카르안이라는 검사가 있었다.

"아이작과 동수를 이룬 마스터. 그 힘이 얼마나 강할지는 감히 상상이 가지 않더군."

"아이작을 아나?"

자하르가 눈을 크게 뜨고 물었다.

아이작의 힘을 가장 정확히 아는 사람은 바로 자하르였다. 카르안의 생에 있어 유일한 적수였고, 홀로 대륙을 상대한 압도적인 힘을 가진 인물이 바로 아이작이었다.

그런 아이작에 대해 안다면 플루토 역시 자신과 마찬가지로 천 년 전의 인물일 수도 있다는 생각이 들었다.

"오해하지 마라. 난 바알과 같은 300년 전의 흑마법사이지, 아이작과 같은 시대를 살지는 않았어. 하지만 문헌에 기록된 그의 흔적만 보더라도 그의 경지가 어느 정도인지 짐작할 수 있지."

말을 멈춘 플루토가 자리에서 벌떡 일어났다.

"아이작의 경지는 가히 신이라고 추앙해도 무방할 정도다. 홀로 백만의 언데드 군단을 부리고, 불가능하리라 생각되었던 행성 마법 메테오(Meteor)를 시현한 유일한 대흑마법사!"

전율하다시피 아이작의 업적을 나열한 플루토를 보며 자하르는 새삼 아이작의 무서움을 실감했다.

백만의 언데드.

대 행성 마법 메테오.

이 두 가지는 아이작의 힘을 대표적으로 보여주는 단편적인 예라고 할 수 있었다.

"하지만 내 관심은 또 다른 데로 향했지. 바로 그 대흑마법사 아이작과 동수를 이룬, 카르안이라는 대륙 제일검."

"나?"

"그래. 아이작과 카르안, 둘 모두의 힘을 나의 것으로 만들 수 있다면? 그 정도 힘이라면, 흑마법의 끝을 보는 것도 가능하지 않을까?"

부들부들 전율하며 말을 잇는 플루토를 보며 자하르는 혀를 끌끌 찼다.

"정신이 나갔군."

"킥, 원래 흑마법이라는 학문은 맨 정신으로 탐구하는 학문이 아니긴 하지."

자하르가 눈을 가늘게 좁히고 플루토를 노려봤다.

"300년 전의 흑마법사면, 네가 플루토냐?"

플루토는 씩 미소를 지으며 고개를 끄덕였다.

300년 전, 흑마법사들이 일으킨 참사는 자하르 역시 책을 통해 본 적이 있었다.

그것은 카르안의 영혼이 옮겨져 오기 전, 자하르가 보았던 책이었다.

플루토.

아이작의 뒤를 이어 300년 전 흑마법사들의 정점에 군림하던 흑마도사.

그는 한때 평범한 흑마도사에 지나지 않았는데, 어느 날 얻게 된 타인의 마나를 흡수하는 능력을 얻게 된 후로 서서히 대륙의 재앙으로 다가왔다.

수많은 기사들이 그에게 마나를 빼앗겼다.

대륙에 위명을 떨친 마스터도, 아군의 흑마도사들도 그에게 힘을 빼앗겼다.

결국 플루토의 힘은 대륙 제일검이었던 바알조차도 감당하기 힘들 정도로 커졌다.

그것이 바로 아이작의 등장 이후, 사상 최악의 흑마법사의 등장이었다.

자하르는 플루토가 아이작 못지않은 위험인물이라고 느

졌다.

타인의 힘을 갈취하는 능력.

그것이 어떤 종류의 능력인지는 모르겠지만, 플루토 본인이 독자적으로 만들어 낸 흑마법일 확률이 높았다.

그 능력으로 인해 플루토는 강해졌다. 지금 당장에라도 자하르는 플루토와 싸워서 이길 수 있으리라 장담할 수 없었다.

더군다나 그가 아이작의 힘마저 흡수한다면?

도저히 감당할 자신이 없었다.

"저질이군. 그만큼 처먹었으면 이제 하늘이든 땅이든 처박혀 있을 것이지, 300년이나 지나고서도 또 깽판질이냐?"

"원래 우리 흑마법사들은 만족이라는 걸 모르거든."

터벅—

플루토는 한쪽에 마련되어 있는 나무로 만들어진 관으로 향했다.

지스트가 그의 뒤를 따랐고, 자하르와 로크, 바알의 시선이 플루토를 따라갔다.

플루토는 나무로 만들어진 관을 손으로 쓸었다.

자하르는 흑마나가 뿜어져 나오는 근원지가 바로 관 속임을 눈치챘다.

"이 안에 아이작이 잠들어 있다."

"…아이작이?"

"아직 예전의 힘을 다 회복하지는 못했지만, 반 이상은 회복했다고 봐야겠지. 정말 대단해. 이제 고작 반인데, 존재하는 것만으로 이 정도의 흑마나를 뿜어대다니. 나도 한때 흑마법으로 최고였다고 자부하지만, 아이작을 보고 있을수록 너무 초라해지더군."

아이작이 잠들어 있는 관을 바라보는 플루토의 눈길에는 짙은 탐욕이 번들거렸다.

당장에라도 아이작의 힘을 취해 버리고 싶은 욕망. 하지만 플루토는 그런 욕망을 아이작이 다시 예전의 힘을 되찾을 때까지 억제하고 있었다.

"아이작은 지금 수면 상태야. 마음만 먹는다면 언제든지 힘을 흡수할 수 있지만… 그래선 안 되지. 완전히 힘을 회복한 후에, 그의 힘을 내 것으로 만들 것이야."

"그때가 되면, 이미 네가 감당하기엔 너무 커져 버렸을 걸?"

플루토의 야망은 너무 컸다.

완전히 힘을 회복한 아이작은 플루토 따위가 감당할 수 있는 존재가 아니었다.

아이작의 힘을 흡수하려면 아직 온전하지 못한 지금이 적기였다. 자하르는 플루토를 비웃으면서, 동시에 충고하고 있었다.

“과연 그럴까?”

플루토가 씩 웃으며 자하르를 바라봤다.

자하르는 그의 눈을 노려보다가 말했다.

“날 데려온 용건은?”

“너무 약해서.”

“…약해?”

자하르가 의문형으로 되묻자, 플루토는 입매를 더욱 비틀며 비웃음을 더했다.

“네가 여기 온 걸 보면 알겠지.”

그 대답을 듣는 순간, 자하르의 표정이 종잇장처럼 구겨졌다.

정곡이 찔린 것이다.

확실히, 지금 이 자리에만 보더라도 자하르가 승리를 확신할 수 없는 상대가 무려 셋이나 있었다.

당장 패배한 로크와 플루토, 그리고 관 속에 잠들어 있는 아이작까지.

내심 적수가 없을 것이라 생각했는데 그것은 오만이었던 것이다.

“그래서, 어쩔 셈이지?”

“널 강해지게 만들어야지. 그리고 다시 네 힘을 내 것으로 만들겠다.”

자하르가 피식 웃었다.

"어떻게?"

플루토가 품속에서 하나의 작은 구슬을 꺼냈다.

검은색의 구슬은 크기는 작지만 내제되어 있는 마나와 존재감은 그리 작지 않았다.

손톱만한 구슬에서 마스터에 버금가는 힘이 느껴졌다. 자하르는 플루토가 꺼낸 구슬이 마스터를 양산한 물건임을 알 수 있었다.

"이 구슬에는 과거 마스터의 힘과 영혼이 들어 있다."

플루토가 로크와 바알을 각각 눈짓으로 가리키며 말을 이었다.

"저것들도 이것으로 만들었지."

"그래서, 그걸 지금 내 몸에도 주입하겠다고?"

"평범한 사람의 몸에 이 구슬을 넣으면 마스터의 영혼에 정신이 잠식당하겠지만, 카르안 넌 아마 그러지 않겠지?"

당연한 말이었다.

카르안의 정신력은 아이작의 정신계 마법까지 버텨낼 정도로 강했다.

카르안보다 강한 정신력을 가진 사람은 없다고 봐도 무방할 정도다.

아무리 마스터의 영혼을 담은 구슬이라지만, 그따위에 패할 리 없었다.

결국 부작용은 그리 없다고 봐도 무방했다.

'흑마법사한테 힘을 얻는다는 게 거슬리긴 하지만…….'

지금은 이것저것 가릴 때가 아니었다.

플루토의 의도를 모르는 바는 아니나, 지금은 먼저 강해지는 것이 최선이었다.

다시 카르안의 힘을 회복한다면, 어떻게든 길이 열릴 것이라 생각했다.

"네 맘대로 해라."

*   *   *

자하르는 좀 더 깊은 지하의 철장에 갇혔다.

사실상 자하르 정도 수준의 검사를 가둔다는 것은 거의 불가능 했으나 플루토에게는 흑마법이 있었다.

플루토는 자하르의 주위로 몇 겹에 걸친 구속 마법을 펼쳐 놓았다.

물론 자하르가 마음만 먹는다면 구속 마법을 깨뜨릴 수는 있었다.

하지만 그 일이 그렇게 쉬운 일도 아니거니와 그렇게 된다면 알람 마법이 발동하며 당장에라도 로크와 바알이 자하르를 사로잡으러 올 것이다.

자하르는 결과가 뻔히 보이는 탈출 따위는 생각지도 않았다.

대신, 플루토가 원하는 대로 따라갈 생각이었다.

"이걸 먹으라고?"

자하르는 지스트가 가져다 준 구슬을 손가락 사이에 끼웠다.

손톱만 한 크기의 작은 구슬. 자하르는 그것을 플루토가 자신에게 주입시키는 것보다는 스스로 흡수하겠다고 말했다.

흡수하는 방법은 입에 넣고 삼키는 것.

어떤 방법으로 그 힘이 전해지는지는 모르나, 너무나도 간단한 방법이었다.

자하르는 망설임없이 구슬을 입안에 넣고 삼켰다. 그러자 몸속에서 화끈거림이 느껴졌다.

익숙하지 않은 마나가 몸속에 들어오면서 충돌하고 있는 것이었다.

자하르는 신경을 집중해 몸속으로 들어온 마나를 제어하기 시작했다.

그와 동시에, 자하르의 머릿속으로 무수히 많은 기억들이 떠올랐다.

'신기하군.'

자하르는 익숙한 느낌에 눈을 반짝였다.

어디선가 겪어본 느낌이었다.

머릿속을 수많은 기억들이 자리 잡고, 새로운 인격이 머리를 덧대었다.

물론 이미 카르안의 인격과 정신이 자리 잡은 이상 다른 사람의 공간은 남아 있지 않았다. 하지만 자하르는 분명 이러한 현상을 겪어보았다.

'이 몸을 얻었을 때와 비슷해.'

자하르는 본래 그란데 백작가의 평범한 귀족 자제였다.

책을 좋아하고, 검이라고는 모르던 평범한 소년. 그런 자하르의 몸에 어떻게 된 일인지 카르안의 기억과 정신이 들어왔다.

자하르는 지금의 현상이 그때와 상당히 유사하다고 생각했다.

타인의 육신에 새로운 기억과 정신, 인격이 자리 잡는 현상.

자하르는 자신이 삼킨 구슬과 카르안이 자하르의 육신을 차지한 현상과 비슷하다고 느꼈다.

"비슷한 계열의 마법을 사용한 건가?"

한참 후 몸속에 들어온 마나를 자신의 것으로 만든 자하르가 중얼거렸다.

자하르는 천천히 몸을 점검했다. 역시나, 어마어마한 양의 마나가 몸 안을 가득 채웠다.

그것은 지금껏 자신이 다루던 마나와 비슷하면서도 조금 다른 성질을 띠고 있었다. 타인의 마나를 억지로 자신의 것으로 만든 부작용이었다.

하지만 자하르는 그것이 얼마 지나지 않아 완전히 자신의 것이 되리라 확신했다.

지금 이 순간에도 새로 받아들인 마나는 빠르게 자신의 마나와 동화되고 있었다.

"대단한데?"

이 정도로 빠르게 체내의 마나를 늘릴 수 있다니, 놀라울 따름이었다.

더군다나 구슬은 단순히 체내의 마나만 늘려주는 것이 아니었다.

마스터의 기억과 정신 또한 함께 들어 있어, 구슬을 흡수한 대상에게 마스터의 검술과 경험을 함께 전해줄 수 있었다.

물론 완전한 것은 아니었다. 그것은 지금까지 보아온 불완전한 마스터들만 보더라도 이미 증명된 사실이었다. 그들은 마스터가 아니고서는 가질 수 없는 힘을 가지고 있으면서도, 마스터라기엔 너무 약했다.

하지만 이미 카르안의 영혼이 축이 되어 있는 자하르에게

는 구슬의 마나만 흡수할 수 있으니 그보다 도움이 되는 것도
없었다.

자하르는 플루토에게 받은 두 번째 구슬을 손아귀에 쥐며
중얼거렸다.

"후회하게 될 거다, 플루토."

CHAPTER 04
아이작의 역습

우우우우우웅―

십여 개의 구슬을 흡수한 자하르는 잠시 구슬을 흡수하는 것을 멈추었다.

너무 짧은 시간에 많은 힘을 흡수하다 보니 서서히 부작용이 드러나기 시작한 것이다.

체내의 마나를 자신의 의지대로 다루기에 어려움이 생겨났다.

흡수한 마나가 완전히 동화될 때까지 시간이 필요했다.

자하르는 그 시간을 마냥 허비할 생각이 없었다.

마나가 동화될 때까지 자하르는 심상 공간에 빠져들었다.

자하르의 상대는 바로 로크였다.

로크는 카르안과 전혀 다른 방식으로, 전혀 다른 강함을 보여준 상대였다.

로크를 통해 자하르는 무초식이 아닌 다른 검술을 무시할 수 없게 되었다.

어떠한 검술이든, 그것이 극에 이른다면 남들과는 차원이 다른 강함을 지닐 수 있었다.

쿠구구구구—

심상 공간 속에서 자하르는 로크와의 대련을 통해 또다시 중력을 경험했다.

어지간한 마법 이상 가는 무게에 자하르의 몸은 이번에도 휘청거렸다.

로크가 만들어낸 중력은 마법과는 달리 특정한 파해 방법이 존재하지 않았다. 결국 그것을 몸으로 버텨 내야 하는 것이다.

하지만 결과는 이전과 같지 않았다. 이전과는 달리 플루토가 제공한 구슬로 마나양이 급격히 늘어난 자하르는 오러를 무한정 끌어 올려 로크의 중력에 저항했다.

"비효율적이야."

단순히 중력을 버티기 위해서 사용한다고 보기에는 마나

의 소모가 어마어마했다.

이 정도 속도로 오러를 뽑아내다가는 얼마 가지 않아 체내의 마나를 다 사용할 것 같았다.

"뭐, 그쪽에 희망을 거는 수밖에 없나?"

자하르는 로크 역시 중력을 제어하는 데에 상당한 힘을 사용할 것이라고 생각했다.

마스터의 힘은 체내의 마나를 오러라는 힘으로 바꾸어서 사용된다.

그 정도의 힘을 내는 데에 로크 역시 자유로울 수는 없을 것이다.

자하르는 자신이 오러를 사용하는 것 못지않게 로크 역시 힘을 들일 것이라 판단했다.

"결국 누가 먼저 힘을 다 쓰느냐의 싸움인가?"

그런 싸움이라면 심상 공간에서의 싸움은 의미가 없었다.

로크가 얼마나 많은 마나를 가지고 있을지 알 수가 없기 때문이었다.

하지만 자하르는 자신이 있었다. 이전이었다면 몰라도, 지금은 플루토에 공급받는 구슬 덕에 빠른 속도로 마나의 절대량이 늘어나고 있었다.

물론, 그렇다고 무조건적으로 누가 더 마나가 많느냐의 싸움이 되지는 않을 것이다.

검과 검의 싸움에서는 오러도 오러지만 검술 역시 절대로 무시할 수 없었다.

아니, 비슷한 경지에 오른 검사와의 대련에서는 오히려 검술의 비중이 더욱 크다고 할 수 있었다.

자하르는 심상 공간에 나타난 로크를 향해 검을 겨누며 이를 빠득 갈았다.

"적어도 검술에서는 내가 위다."

＊　　　＊　　　＊

크란 제국의 황궁에 최근 수십여 년 간 없었던 소란이 찾아왔다.

흑마법사들의 왕국으로 떠오른 프랑크 왕국을 치기 위해 떠났던 제국군이 대패한 채 돌아온 것이다.

성 자체가 완전히 무너진 터라 살아 돌아온 지휘관은 극소수에 불과했다.

패퇴한 것 자체는 문제가 아니었다. 이번 지원군은 크란 제국에게 있어서 그렇게 큰 손실이 아니었다.

크란 제국에는 아직 충분한 여력이 남아 있었다.

그럼에도 이번 사안이 크게 떠오른 이유는 지원군을 패퇴시킨 적이 단 한 명이라는 이유에서였다.

"그게 말이 됩니까? 단 한 명의 적에게 제국군이 패퇴해서 돌아오다니요!"

"분명 적에게 패한 지휘관이 자신의 죄를 감추기 위해 거짓 보고를 한 것이 틀림없습니다! 그자를 엄히 문책하여……."

대전회의는 그야말로 개판이었다.

이번 지원군의 대표는 류지 후작의 손자인 루센이었다. 또한, 병사들과 기사들 역시 류지 후작가의 인물들로 구성되어 있었다.

각각의 파벌에서는 어떻게든 류지 후작가의 입지를 끌어내리기 위해 언성을 높였다. 그 속에서 류지 후작은 묵묵히 입을 닫고 있었다.

의외로 입을 연 사람은 오웬 백작이었다.

"잠시 조용히 해주시겠습니까?"

나지막한 말이었지만 대전에 모인 귀족들 중 오웬 백작의 말을 듣지 못한 사람은 없었다.

오웬 백작의 말에는 적지 않은 마나가 깃들어 있었기 때문이다.

오웬 백작은 잠시 말을 멈추고 대전 안의 귀족들을 슥 훑어봤다.

마스터 중에서도 수위로 꼽히는 오웬 백작의 시선에 귀족들이 저마다 시선을 피했다.

아무리 닳고 닳은 그들이라도 마스터의 눈을 정면으로 쳐다볼 용기는 없었다.

오웬 백작은 귀족들에게서 류지 후작에게로 시선을 돌렸다.

여전히 류지 후작은 입을 닫은 채 오웬 백작을 바라보고 있었다.

류지 후작은 지금껏 대전 회의에서 단 한 번도 입을 연 적이 없었다.

그가 이러한 회의에서 입을 연 것은 단 한 번, 프랑크 왕국의 공격을 주장할 때뿐이었다.

반대로 오웬 백작은 정치적인 성향이 류지 후작보다는 강했다.

때문에 류지 후작가에 관련된 안건이 나오면 대부분 오웬 백작이 처리하곤 했다.

오웬 백작은 한숨을 푹 내쉬고는 입을 열었다.

"폐하, 죄송합니다만, 제 아들 녀석을 이 자리에 들여도 되겠습니까?"

오웬 백작의 청에 대전의 옥좌에 앉아 귀족들을 내려다보던 황제가 고개를 끄덕였다.

"윤허한다."

드르르륵—

황제의 허가가 떨어지기가 무섭게 대전의 문이 육중한 소리를 내며 열렸다.

귀족들의 시선이 일제히 모아졌다.

대전의 문이 열리고, 두 명의 기사의 호위를 받으며 루센이 대전으로 걸어 들어왔다.

"아, 아니?"

"저런……."

귀족들의 입에서 탄식이 쏟아졌다.

루센의 오른쪽 팔이 사라져 있었다. 검을 잡는 팔이 잘려 나갔으니, 검사로서의 그의 삶은 거의 끝났다고 봐도 무방했다.

스물 중반에 마스터에 오른 루센은 크란 제국의 입장에서 제2의 류지 후작이 될 수 있는 인재였다.

그런 루센의 팔이 잘려 나갔으니, 크란 제국의 입장에서는 지원군 전체를 잃은 것보다 큰 손실이라고 할 수 있었다.

황제의 삼십 걸음 앞, 대전의 한가운데에서 선 루센은 황제를 향해 예를 갖추었다. 루센의 예에 고개를 끄덕인 황제가 오웬 백작을 향해 눈짓했다.

"다들 아시다시피 제 아들, 루센 역시 마스터에 오른 어엿한 검사입니다."

다들 아는 사실이었다.

그 소식을 듣고 다들 얼마나 놀랐던가.

스물 중반, 자하르에 이어서 한 세대에 두 명의 천재가 등장한 것이다.

오웬 백작은 잠시 숨을 고른 후 루센에게 말했다.

"네가 그곳에서 만난 상대가 누구였느냐?"

오웬 백작의 물음에 루센이 귀족들을 향해 몸을 돌렸다.

한 명 한 명, 대전의 귀족들을 돌아본 루센이 천천히 입을 열었다.

"바알… 입니다."

"바알?"

익숙한 이름에 이곳저곳에서 혼란스러운 음성이 터져 나왔다.

바알 하면 떠오르는 인물은 단 한 명뿐이었다.

하지만 그는 이미 300년 전 사람인만큼 루센이 말하는 바알이 과거 대륙 제일검이었던 바알을 뜻하리라 생각하는 사람은 없었다.

그런 그들을 위해, 루센이 부연 설명을 덧붙였다.

"300년 전, 대륙 제일검이자 대륙 제일 쾌검이었던 데미라이드 엠 바알. 그가 바로 제 오른팔을 가져간 검사입니다."

루센의 말에 귀족들 사이에서 경악성이 터져 나왔다.

거짓말이라고 소리치는 이들도 있었고, 말없이 어이없다
는 표정을 짓는 이들도 있었다.

그런 반응은 어찌 보면 당연했다.

루센의 말은 사실상 죽은 사람이 살아났다고 하는 것이나
다름없었으니 말이다.

그런 그들의 반응에 묵묵히 눈을 감고 있던 류지 후작이 발
을 들었다.

쿵―!

소란스럽던 대전이 울렸다.

거짓말처럼 소란스럽던 대전이 조용해졌다. 류지 후작은
황제를 향해 고개를 숙였다.

"무례를 범한 점, 백 번 사죄드립니다."

"괜찮소."

황제의 말에 류지 후작이 오웬 백작을 향해 계속 말해보라
는 듯 턱짓했다.

"우리의 적은 흑마법사들이지, 프랑크 왕국이 아닙니다.
그리고 우리는 그들, 흑마법사들에 대해 아는 것이 무척 적습
니다."

대륙은 300년간 평화로웠다.

수십 년에 한 번쯤 작은 전쟁이 일어났을 뿐이지, 그간 흑
마법사가 등장했던 적은 한 번도 없었다.

적을 알고 나를 알면 백전백승이라는 말이 무색하게도 크
란 제국은 흑마법사들에 대해 아는 것이 거의 없었다.

"불과 몇 달 전, 류지 후작령에 괴한이 침입했습니다. 그는
혼자의 몸으로 영지로 잠입해 당당히 영주성으로 들어왔
고……."

오웬 백작은 바알이 류지 후작과 바알의 싸움을 최대한 자
세하게 설명했다.

류지 후작령에 잠입한 괴한의 소식은 오웬 백작이 최대한
소문을 막았기에 그다지 알려진 것이 없는 사실이었다.

귀족들은 괴한이 류지 후작과 접전을 벌였다는 말에 입을
떡 벌렸다.

이미 대륙 제일검인 류지 후작은 그 상대가 없다고 할 정도
로 강함이 알려져 있었던 것이다.

현 대륙 제일검과 과거 300년 전 대륙 제일검의 만남.

류지 후작과 대등한 접전을 벌였다는 것만으로도 루센이
만난 상대가 과거 대륙 제일검이었던 바알이라는 데에 한층
무게가 실어지는 것이다.

오웬 백작은 자하르가 상대한 적의 마스터가 에드안이라
는 사실까지는 말하지 않았다.

이제 스물 초반인 자하르가 그 정도 실력을 갖추었다는 사
실을 고지식한 귀족들이 믿을 것 같지 않기 때문이었다.

　하지만 흑마법사들에게도 류지 후작에 버금가는 실력자가 존재한다는 것만으로도 귀족들은 한층 흑마법사들을 경계할 것이었다.

　"그래서 결론이 뭔가?"

　오웬 백작의 말을 끊은 사람은 바로 황제였다.

　그는 냉철한 인물이었다. 황제는 오웬 백작이 원하는 바와 현 상황을 해쳐 나갈 방법을 이미 머릿속으로 생각해 둔 후였다.

　오웬 백작은 그제야 이번 회의에서 자신이 하고 싶었던 본론을 꺼냈다.

　"이미 이번 전쟁은 크란 제국과 프랑크 왕국… 아니, 흑마법사들과의 전쟁이라는 말입니다."

＊　　＊　　＊

　끼이이익―

　나무로 만들어진 관의 문이 열렸다.

　바로 아이작이 잠들어 있던 관이었다. 관이 열리며 그 속에서 어마어마한 흑마나가 뿜어져 나왔다.

　순식간에 주위가 썩어 문드러졌다. 압도적인 흑마나에 플루토가 탄성을 질렀다.

“드디어……”

자리에서 벌떡 일어난 플루토가 관을 향해 몸을 움직였다.

그런 그의 뒤를 지스트가 그림자처럼 따랐다.

짙은 흑마나를 연기처럼 둘러서인지 아이작의 모습은 바로 보이지 않았다. 플루토는 양팔을 벌린 채 감격스러운 어조로 말했다.

“부활을 경하드립니다, 아이작이시여.”

연기 속에서 날카로운 눈이 플루토에게로 향했다.

플루토는 그 눈빛을 받는 것만으로 온몸이 전율하는 듯한 느낌을 받았다.

주위로 퍼진 흑마나는 어떠한 현상에서인지 서서히 아이작의 몸으로 스며들었다.

흑마나로 만들어진 연기가 아이작에게 흡수됨에 따라서 서서히 아이작의 모습이 드러나기 시작했다.

아이작은 다 헤지고 닳아진 옷을 입고 있었다. 아니, 썩어 있다는 말이 더 옳았다.

얼마나 정도가 심했는지 옷은 거의 원래의 형태를 찾아볼 수 없을 정도였다.

그럴 수밖에 없는 것이, 아이작이 잠들어 있던 관 속은 온통 흑마나로 꽉 차있었던 것이다.

“…누구지?”

"플루토라고 합니다. 여기 지스트와 함께 흑마법사들의 장로 역할을 맡고 있습니다."

"플루토, 지스트."

아이작이 두 사람의 이름을 곱씹었다.

그중 아이작의 시선이 향한 사람은 당연히 플루토였다.

아이작은 플루토의 몸에서 느껴지는 막대한 양의 흑마나에 물었다.

"성취가 상당하군."

"감사합니다."

아이작의 칭찬에 플루토가 고개를 숙이고 입가에 미소를 지었다.

아이작은 자신의 몸을 잠시 확인하고는 손을 저었다. 검은 연기가 그의 몸을 둘러싸더니, 이내 아이작의 몸에 검은 로브가 입혀졌다.

플루토와 지스트가 그 모습에 놀란 표정을 지었다.

언뜻 간단해 보이지만 아이작이 행한 마법은 결코 간단하지 않은 것이었다.

아이작이 발현한 마법은 말 그대로 무에서 유를 창조하는, 원소 마법이나 흑마법 등을 초월한 마법인 것이다.

로브를 입은 아이작이 걸음을 옮겼다. 플루토의 옆을 지나치며 그가 말했다.

"하지만 다른 이의 힘을 뺏는 것만으로는, 흑마법의 끝을 보지 못한다는 것을 명심하거라."

플루토가 몸을 살짝 떨었다.

아이작은 단지 보는 것만으로도 플루토가 강해진 방법을 알 수 있었다.

이유는 그가 지니고 있는 흑마나가 온전히 그의 것이 아니기 때문이었다.

플루토는 지금껏 꾸준히 흑마법사들의 마나를 흡수해 왔다. 그리고 그것을 자신의 것으로 바꾸지 않았다.

그럴 필요가 없었기 때문이다. 억지로 자신의 것으로 하려고 하지 않아도 언제고 자신의 것이 될 힘이었다.

역시 대단하다는 생각에 플루토가 고개를 끄덕였다.

"명심하겠습니다."

물론 겉과 속이 다른 말이었다.

플루토는 아이작의 힘을 자신의 것으로 만들 생각이었다.

그리고 그러기 위한 준비를 이미 마친 상태였다. 플루토는 언제든지 기회만 된다면 아이작의 힘을 자신의 것으로 만들 것이다.

아이작은 잠시 눈을 감고 있더니 말했다.

"그나저나, 분신이 느껴지지 않는군."

"아이작님의 분신이라면, 카르안에 의해 제거 당했습니다."

지스트의 말에 아이작이 눈을 가늘게 좁혔다.

"카르안에게?"

아이작이 말하는 분신이란, 자신과 똑같은 존재를 가진 또 하나의 아이작이었다.

그것은 보통 분신이 아니었다.

기억을 공유하고 제대로 된 힘을 갖추지 못하는 다른 분신들과는 달리, 아이작의 분신은 독자적인 생각을 가지고 본체의 절반 이상 가는 힘을 가지고 있었다.

본체에 비해 힘은 다소 부족하지만 분신은 또 하나의 아이작이라고 봐도 무방했다.

아이작은 힘을 회복하기 전, 자신의 분신을 만들어 흑마법사들을 배후에서 조종하고자 했다.

자하르를 찾아간 것도, 국왕의 모습으로 프랑크 왕국을 뒤에서 조종한 것도 모두 아이작의 분신이 독자적으로 생각하고 움직인 행동이었다.

"아쉽군. 또다시 분신을 만들려면 상당한 시간이 필요할 텐데. 그나저나……."

아이작은 플루토와 지스트의 뒤쪽에 있는 로크와 바알을 가리키며 물었다.

"저 둘은 뭐지?"

"로크와 바알이라고 합니다."

"이름은 됐다. 왜 검사 나부랭이가 여기에 있는지, 그걸 묻는 거다."

아이작이 플루토를 향해 흑마나를 뿜었다.

아이작의 흑마나에 간접적으로 영향을 받는 것만으로도 지스트는 숨이 턱 막히는 느낌을 받았다.

플루토는 아이작의 힘을 처음 느끼며 마른침을 삼켰다. 단순히 흑마나를 발출하는 것만으로도 자신이 이토록 위축된다는 사실이 믿기지 않았다.

"로크와 바알, 둘 모두 한때 대륙 제일검으로 이름을 떨쳤던 검사입니다. 또한, 지금은 제 수족이기도 합니다."

"대륙 제일검?"

아이작이 흥미로운 눈으로 로크와 바알을 바라봤다.

그러더니 이내 실망 어린 표정으로 입을 열었다.

"카르안에 비하면, 쭉정이군."

"그렇긴 합니다."

플루토가 순순히 고개를 끄덕였다.

그러면서 한편으로는 대체 카르안이 얼마나 대단하기에, 하는 생각도 들었다.

일대일은 아니었다지만 과거 300년 전 플루토를 막아선 검사가 바알이 아니던가.

플루토가 마스터의 힘을 탐내게 된 것도 따지고 보면 바알의 영향이 컸다.

게다가 로크는 또 어떻던가.

바알과 같은 실력자가 두 명이 있더라도 이긴다고 보장할 수 없는 검사가 바로 로크였다.

아직 그 힘을 다 회복한 것이 아니라지만, 바로 그 카르안을 사로잡아 오기도 했을 정도였다.

그런 플루토의 생각을 읽기라도 한 듯, 아이작이 씩 웃으며 로크와 바알에게로 다가갔다.

로크와 바알은 아이작이 다가오자 각자 허리춤의 검을 잡았다.

두 사람 모두 각자 서서히 오러를 끌어 올렸다.

"쯧, 역시 한참 부족해."

쿠구구구—

그때, 로크의 중력이 발현되었다.

거대한 압력이 자신을 짓누르자 아이작이 눈을 살짝 뜨며 놀란 표정을 지었다.

"이건 뭐지? 마법인가?"

아이작은 흥미롭다는 표정이었다.

자하르는 움직이는 것만으로도 겨우 버텼던 것에 비해, 아이작은 움직이는 데 전혀 무리가 없어 보였다.

"착각하지 마라. 널 죽이지 않는 것은, 저 녀석이 걸어놓은 제약 때문이니."

로크와 바알이 아이작의 뒤쪽에 서 있는 플루토를 가리키
며 이를 바득 갈았다.

플루토는 혹시나 하는 생각에 로크와 바알에게 아이작을
죽이지 말라는 제약을 걸어놓았다.

두 사람의 합공이라면 혹시라도 아이작이 당할 수 있을지
모른다는 생각 때문에서였다.

하지만 그런 플루토의 걱정을 비웃기라도 하듯 아이작이
작게 웃었다.

플루토를 돌아본 아이작이 물었다.

"제약을 풀어라."

"하지만……."

"명령이다."

플루토는 얼굴을 와락 구기며 말했다.

"너희가 하고 싶은 대로 해라."

그 말에 로크와 바알에게 걸린 제약이 사라졌다.

파밧―

가장 먼저 바알의 신형이 날아갔다.

쾌검의 극에 오른 바알은 그 몸놀림이 로크 이상으로 빨랐
다.

더군다나 바알과 아이작의 거리는 무척 가까웠다.

검사와 마법사와의 싸움에서 접근전은 검사에게 절대적으로 유리했다.

챙— 채채채채챙—!

바알의 검이 연속해서 아이작의 몸을 두드렸다.

하지만 바알의 검은 아이작을 벨 수 없었다. 단단한 금속음과 함께 바알의 검이 번번이 막혔다.

마법 따위가 아니었다. 아무리 아이작이라지만 그 짧은 사이 마법을 발현할 수는 없었다.

아이작의 몸을 보호하고 있는 것은 순수한 흑마나 그 자체였다.

콰앙—!

이번에는 로크의 검이 아이작에게로 향했다.

로크의 검이 아이작을 후려쳤다. 그러자 폭발과 함께 아이작의 몸을 보호하던 흑마나가 사방으로 퍼졌다.

뿌연 흑마나의 안개가 로크와 바알의 시야를 가렸다.

빛 한 점 없는 어둠 속에서도 대낮과 다름없는 두 사람이었지만, 흑마나로 만들어진 안개 속에서는 전혀 앞을 볼 수 없었다.

"큭! 이건……."

바알과 로크는 흑마나가 피부를 태우자 서둘러 오러를 끌어 올려 피부를 보호했다.

보통 흑마나가 아니었다.

피부에 닿는 것만으로도 피부가 타들어갔다. 마스터, 그중에서도 세인트급 마스터에 오른 두 사람의 피부를 태울 수 있는 어지간한 독보다 훨씬 해로운 흑마나였다.

"비켜라."

섬뜩한 느낌에 바알이 서둘러 자리를 피했다.

후우웅—!

로크의 검이 수직으로 내려쳐졌다. 검압과 함께 연기처럼 퍼졌던 흑마나가 다시 흩어졌다.

콰앙—!

동시에 로크의 검압이 무언가에 부딪히며 폭발했다.

당연히 그 대상은 아이작이었다.

흑마나로 이루어진 안개가 흩어지며 다시 아이작의 모습이 눈에 들어왔다.

바알과 로크의 눈에 경악이 어렸다.

싸움의 여파로 이곳저곳 부수어지고 부식된 반면, 아이작은 무슨 일이 있었냐는 듯 멀쩡했다.

"그런대로 쓸 만은 하군."

파스스—

아이작의 주위로 무언가가 흩어졌다.

방금 전, 로크의 검압으로 아이작의 몸을 보호하던 흑마나가 사라진 것이다.

하지만 그것은 아이작이 행한 방어가 아니었다.

아이작의 몸을 보호하는 흑마나는 흑마나 스스로가 아이작에게 복종하는 하나의 현상이었다.

즉, 아이작이 스스로를 보호하고자 방어를 한 것이 아니었다.

그리고 바알과 로크 역시 그러한 현상을 알 수 있었다.

아이작은 결코 자신들의 공격을 방어하지 않았음을.

그럼에도 자신들은 아이작의 털끝조차 건드리지 못한 것이다.

"뭐, 이런 괴물 같은……."

어이가 없다는 듯 바알이 입을 딱 벌렸다.

로크 역시 말은 없지만 상당히 놀란 표정이었다.

아이작에 대해서라면 그들 역시 귀가 따가울 정도로 들어왔다.

단신으로 대륙을 집어 삼킨 대흑마법사. 하지만 로크와 바알, 두 사람은 당장 아이작과 싸우더라도 최소한 지지 않을 자신이 있었다.

그만큼 실력에 자신이 있었기 때문이다.

아니, 그보다는 아이작에 대한 이야기가 과장되었다고 생각했다.

"새삼 카르안이 존경스러워지는군."

바알의 중얼거림에 로크 역시 조용히 고개를 끄덕였다.

"흡!"

그때, 아이작을 노려보던 바알이 헛숨을 들이켰다.

로크가 의아한 표정으로 바알을 바라봤다.

"왜 그러지?"

"몸이… 안 움직입니다."

"…뭐?"

로크가 아이작을 휙 돌아봤다.

그러다 문득 그 역시 이상함을 느꼈다.

"이게 무슨 수작이지?"

"간단한 정신계 마법이다. 카르안 외에 다른 검사들은 요란한 다른 마법보다는, 이런 정신계 마법이 훨씬 간단하더군."

아이작은 간단하다고 표현했지만 바알과 로크가 걸린 마법은 결코 말처럼 쉬운 마법이 아니었다.

수준으로만 따지면 플루토도 간신히 발현할 수 있을 정도의 고난도 흑마법이었다.

"거… 이거 진짜 괴물일세."

간신히 입을 열어 어이없다는 듯 중얼거린 바알의 머릿속에 자하르가 떠올랐다.

과연 자하르가 저 아이작을 이길 수 있을까?

천 년 전에는 카르안이 아이작과 동수를 이루었다지만, 지금은 무리인 듯 보였다. 당장 얼마 전만 해도 로크에게 사로잡히지 않았던가.

더군다나 바알과 로크, 두 사람은 플루토에게 종속되어 있는 상태였다.

'끝이군.'

바알은 더 이상 대륙에 희망이 없다고 생각했다.

바알이 그렇게 생각하고 있을 때, 아이작의 마법이 서서히 느슨해지기 시작했다.

"이게 뭐하는 짓이지?"

다름 아닌 플루토의 손이 아이작의 등을 찌른 것이다.

아이작의 몸에서 빠른 속도로 흑마나가 빨려 나갔다. 플루토가 아이작의 힘을 흡수하고 있는 것이었다.

"줄곧 이 순간을 기다렸습니다."

풀썩—

아이작의 몸이 바닥에 쓰러졌다.

플루토는 아이작의 힘을 빼앗기 위해 오랜 시간 연구를 해왔다.

아이작은 힘을 회복하기 위해 주위에 퍼져 있는 마나를 닥치는 대로 체내로 끌어들였다. 그리고 그 마나를 몸속에서 흑마나로 정제시켰다.

플루토는 바로 그 점을 이용했다. 절대로 정제시킬 수 없는, 자신의 흑마나를 아이작이 흡수하도록 만든 것이다.

플루토의 흑마나는 특별했다. 수많은 흑마법사들의 흑마나가 섞여 있어, 빠른 시일 내에 정제할 수 있는 것이 아니었다.

그리고 그 흑마나는 주인인 플루토에게 반응했다.

아이작이 플루토의 접근을 눈치채지 못한 것 역시 그런 이유였다.

플루토는 아이작의 몸속에 있는 자신의 흑마나를 이용해 자신 존재를 숨긴 것이다.

"네놈……."

스스스스스—

아이작의 몸에서 검은 마나가 흘러나왔다.

그 마나는 플루토의 몸으로 빨려 들어갔다. 플루토는 환희 어린 표정으로 아이작의 힘을 빨아들였다.

빠른 속도로 아이작의 힘을 흡수하던 플루토는 문득 이상함을 느꼈다.

"이게 단가?"

서서히 흡수하는 힘이 줄어들고 있었다.

처음에는 놀랄 정도로 빠르게 흡수되던 흑마나가 이제는

점점 속도가 줄어들었다.

잠시 후, 아이작에게서 흡수하던 힘이 완전히 끊어졌다.

플루토의 표정에 실망이 어렸다.

"고작 이 정도인가?"

방금 전 보았던 아이작의 힘은 경악할 만했다.

반면, 아이작에게서 흡수한 힘은 그리 많지 않았다. 플루토가 느끼기에 아이작에게서 흡수한 힘은 그가 본래 가지고 있던 흑마나의 두 배가 조금 안 되는 수준이었다.

충분히 많은 양이긴 했지만 기대했던 것에 훨씬 미치지 못하는 것은 분명했다.

플루토는 아쉬움을 감추지 못하고 중얼거렸다.

"이 정도로 만족해야… 어?"

문득 이상함을 느낀 플루토가 쓰러져 있는 아이작을 바라봤다.

그러더니 이내 당황한 표정을 지었다.

"이, 이건 대체……?"

플루토의 몸에서 조금씩 흑마나가 빠져나갔다.

그렇게 빠져나간 흑마나는 다시금 아이작에게로 흡수되었다.

그것은 마치 다시금 제 주인을 찾아가는 듯했다.

힘이 쭉 빠지는 느낌에 플루토가 몸을 잠시 휘청거렸다.

"아이작……!"

"그 마법, 별로 어려운 건 아니군."

쓰러져 있던 아이작이 몸을 일으켰다.

아이작의 힘은 바닥난 것이 아니었다. 플루토의 마법 역시 끊어진 것이 아니었다.

아이작은 플루토에게 기습당한 직후, 플루토의 힘을 반대로 빨아들였다.

상대의 힘을 흡수하는 마법은 플루토가 만들어 낸 마법이었다.

당연히 마법의 완성도나 숙련도 면에서 아이작은 플루토를 따라갈 수 없었다.

당장은 말이다.

"그, 그 짧은 사이 내 마법을 똑같이 따라했다는 말이냐?"

아이작은 쓰러져 있는 짧은 시간 동안 플루토의 마법을 분석했다.

그리고 그 반대 방향으로 힘을 빨아들일 방법을 찾아냈다. 처음에는 그 힘이 그리 강하지 않아 플루토가 힘을 흡수하는 정도를 늦췄을 뿐이지만, 점점 마법에 익숙해지면서는 반대로 플루토의 힘을 흡수하는 정도에 이르렀다.

플루토로서는 전혀 생각지도 못한 경우였다.

순식간에 마법을 분석해, 자신 이상 가는 속도로 힘을 흡수하다니?

단순히 천재 수준이 아니었다. 플루토는 평생을 바쳐 만들어 낸 마법을 아이작은 그 잠깐 사이 한 번 보는 것만으로 발현시킨 것이다.

"이런 말도 안 되는……."

"너에겐 말이 안 되겠지."

플루토는 이를 빠득 갈면서 로크와 바알에게 말했다.

"아이작을 죽여라!"

플루토의 외침에 로크와 바알이 즉각 반응했다.

그것은 그들의 의지와는 상관없이 플루토의 명령에 의한 움직임이었다.

그때, 아이작이 입을 열었다.

"멈춰."

슈욱—

아이작의 등을 노리던 로크와 바알의 검이 동시에 멈췄다.

이해할 수 없는 현상에 플루토가 입을 떡 벌렸다.

"어째서……?"

"너는 이들을 제어하고 있던 매개체가 네 마나라는 것도 모르는 건가?"

말문이 막힌 플루토는 입을 닫았다.

어찌 모를 수 있을까. 그 정도는 흑마법에 갓 입문한 풋내기라도 알 것이다.

단지, 너무 당황한 나머지 생각을 하지 못했을 뿐이다.

이미 아이작은 플루토의 마나의 절반 이상을 흡수한 후였
다.

"네 마나와 두 명의 충실한 심복, 감사히 잘 받도록 하지."

CHAPTER 05
자하르의 신위

"이상하군."

자하르는 문득 이상한 점을 느꼈다.

하루에 한 번씩 정기적으로 들어오던 구슬이 어느 순간 뚝 끊겨 버린 것이다.

처음에는 별로 대수롭지 않게 생각했다. 구슬의 공급이 끊긴 것이 더 이상 구슬이 없기 때문일 수도 있기 때문이다.

하지만 열흘이 넘게 소식이 없는 것은 아무래도 이상했다.

"무슨 일이 생겼나?"

자하르는 혹시나 하는 마음에 자리에서 일어났다.

쿵쿵—

손등으로 벽을 두드리자 무언가 가로막고 있는 느낌이 들었다.

바로 플루토가 펼쳐 놓은 벽이었다.

평범한 마법으로 만들어 놓은 벽이었다면 부수는 것은 그리 어렵지 않았다.

하지만 벽은 바로 몇 겹의 마법진으로 만들어져 있었다. 플루토 정도의 흑마법사가 자하르를 가두기 위해 긴 시간을 들여 만든 마법진인 것이다.

몇 번 벽을 두드려본 자하르는 눈살을 찌푸렸다.

"쉽게 부술 수는 없겠군."

대충 두드려 본 것만으로도 자하르는 벽이 얼마나 견고한지 알 수 있었다.

게다가 지금 자하르에게는 검이 없었다.

가둬두는 마당에 플루토가 자하르에게 검을 줄 이유가 없었다.

검사에게 검이 있고 없고는 상당히 큰 차이가 있었다.

물론, 그렇다고 부수지 못한다는 뜻은 아니었다.

"예전 같다면 시도도 못했겠지만……."

지금은 달랐다.

수십 개의 구슬을 흡수하고, 그 힘을 완전히 자신의 것으로 만들었다.

더불어 심상 공간 속에서의 수련을 통해 갑작스레 늘어난 마나를 다루는 데에도 익숙해졌다.

자하르는 주먹을 꽉 쥐었다.

막대한 오러가 응축되어 자하르의 주먹에 맺혔다.

지하에 갇히기 전과는 비교도 할 수 없는 어마어마한 오러였다.

꽝—!

자하르의 주먹이 벽을 후려쳤다.

웅웅—

지하 내부가 크게 울렸다.

벽은 부서지지 않았다. 자하르는 포기하지 않고 다시금 주먹을 내질렀다.

꽝—! 꽈앙—!

자하르의 주먹이 계속해서 벽을 후려쳤다.

수십 번 벽을 후려치자, 쩍 하는 소리와 함께 벽에 금이 갔다.

자하르는 한순간에 오러를 집중했다. 지금까지와는 비교도 되지 않는 막대한 오러가 자하르의 주먹에 실렸다.

주먹이 금이 간 곳을 강하게 때렸다.

꽈아앙—!

찌저저적―

금이 난 곳을 중심으로 벽이 서서히 깨어졌다.

이내 마법진과 함께 흑마법으로 만들어진 벽이 부서졌다. 그러자 벽에 가려져 있던 문이 나타났다.

끼이익―

문을 열자 낡은 쇳소리가 지하에 퍼졌다.

자하르는 전혀 인기척이 느껴지지 않아 의아한 표정을 지었다.

분명 로크나 바알 등이 지키고 있을 것이라 생각했다.

게다가 얼마 전까지만 해도 느껴지던 흑마나가 전혀 느껴지지 않았다.

자하르는 계단을 통해 점점 위로 올라갔다.

역시나 인기척이 전혀 느껴지지 않았다. 이윽고 자하르는 처음 플루토가 만났던 곳에 도착했다.

"어떻게 된 거지?"

자하르의 눈에 보인 곳은 난장판이 되어 있는 내부였다.

깔끔한 집무실의 모습이었던 장소가 온통 부수어지고 썩어 있었다.

마치 한바탕 싸움이라도 일어난 듯했다.

자하르는 의아함을 느끼고 기감을 넓게 퍼뜨렸다.

로크와 바알은 물론 플루토 역시 근처에 없었다. 아니, 당연히 있어야 할 미생물조차 느껴지지 않았다.

말 그대로 생명체가 전부 사라졌다. 남들에겐 생소하겠지만 자하르는 이런 현상을 몇 번이고 본 적이 있었다.

"설마……?"

자하르가 서둘러 한쪽으로 달려갔다.

혹시나 하는 마음에서였는데 역시 열리지 말아야 할 관이 열려 있었다.

자하르는 텅 비어 있는 관 속을 보며 이를 뿌득 갈았다.

"아이작……."

*   *   *

크란 제국에서 대대적으로 프랑크 왕국을 흑마법사들의 왕국으로 지목했다.

또한, 제국의 총력의 가해 프랑크 왕국을 공격할 것을 선포했다.

크란 제국의 선포에 대륙이 술렁였다.

크란 제국은 대륙의 절반을 아우르는 거대한 제국이었다. 땅뿐만 아니라 가진바 힘 또한 어느 왕국도 감히 범접할 수 없을 정도였다.

그간 침묵하던 제국이 움직이는 것이다. 이것은 흑마법사의 등장 이상으로 큰일이었다.

병사 삼십만.

기사 이만.

마법사 오천.

이것이 크란 제국이 프랑크 왕국을 공격하기 위해 파견한 병력이었다.

어지간한 왕국은 단숨에 쓸어버릴 수 있는 전력.

게다가 그들을 지휘하는 총지휘관은 바로 대륙 제일검인 류지 후작이었다.

류지 후작의 명으로 오웬 백작이 직접 병력을 이끌고 프랑크 왕국의 국경이라고 할 수 있는 베일 백작령을 점령했다.

너무나도 당연한 결과였다.

병력의 차이도 차이지만 류지 후작이 직접 나서 성문을 뚫었기 때문이었다.

단칼에 성문을 베어버리는 류지 후작의 신위는 일반적인 마스터의 범주를 넘어서는 힘이었다.

그 압도적인 신위에 크란 제국의 사기는 하늘을 찌를 듯했다.

반면, 병사들과는 달리 류지 후작과 오웬 백작의 안색은 그리 좋지 못했다.

"왜 그러십니까?"

걱정스러운 표정으로 앉아 있는 류지 후작과 오웬 백작에게 루센이 찾아왔다.

"왔느냐? 이리 앉거라."

류지 후작이 루센에게 자리를 권했다.

루센은 하나 남은 손으로 의자를 끌어당겼다. 그 모습을 바라보는 류지 후작의 표정에 측은함이 어렸다.

"그렇게 보실 필요 없습니다."

"그러느냐?"

"팔이 하나라도 남은 이상, 아직 검사로서 생은 끝난 게 아닙니다."

루센의 강한 모습이 류지 후작이 고개를 끄덕였다.

다행이 아닐 수 없었다.

보통 검사들이 팔을 잃게 되면 다른 것 이전에 깊은 절망에 빠지곤 했다.

반대쪽 팔로 검술을 익히는 과정이 극도로 어렵기도 했고, 몸의 균형이 맞지 않아 제대로 된 검술을 펼치기가 힘이 드는 것이다.

하지만 루센에게는 그런 좌절 따위는 없는 듯했다. 류지 후작은 내심 그런 루센이 자랑스러웠다.

"그래서, 왜 부르신 겁니까?"

"널 찾는 사람이 있어서 말이다."

“저를요?”

루센이 의아한 표정으로 주위를 둘러봤다.

그때, 뒤에서 익숙한 음성이 루센의 귀에 들려왔다.

“다행히 목숨은 건졌나 보네.”

루센이 자리에서 벌떡 일어났다.

뒤를 돌아보자, 자하르가 웃으며 다가오고 있었다.

“자하르!”

“팔 한 짝은 어디다 버리고 온 거냐?”

루센의 표정이 환한 미소가 어렸다.

죽었을지도 모른다고 생각한 자하르가 이렇듯 멀쩡한 모습으로 돌아왔으니 당연히 기쁠 수밖에 없었다.

“어디를 다녀온 거냐?”

루센의 물음에 자하르가 루센의 옆자리에 털썩 앉았다.

콧김을 길게 뿜으며 자하르가 퉁명스럽게 대답했다.

“다녀오긴 뭘 다녀와. 잡혀 갔던 거지.”

“잡혀 가?”

루센은 의아한 표정을 지었다.

바알은 분명 자하르가 죽지는 않았을 것이라고 했었다. 하지만 루센은 그 말뜻이 자하르가 사로잡힌다는 것으로 받아들이지 않았다.

그럴 필요가 없기 때문이었다.

흑마법사들이 무슨 이유로 자하르를 사로잡는다는 말인
가?

그런 루셴의 궁금증을 무시한 채, 자하르가 입을 열었다.

"뭐, 루셴이 멀쩡하다는 것도 확인했으니 이제 이야기를
시작하죠."

"…멀쩡하지는 않거든?"

루셴이 잘려진 팔을 가리키며 말하자 자하르가 씩 웃었다.

그 정도는 알아서 극복하라는 그런 웃음이었다.

루셴은 어처구니없다는 표정을 짓더니 이내 마찬가지의
웃음을 지었다.

두 사람을 흡족하게 번갈아보던 류지 오웬 백작이 이내 자
하르에게 물었다.

"그래, 어딜 잡혀 갔던 겐가?"

"정확한 위치는 잘 모르겠습니다. 그저 프랑크 왕국의 수
도와 인접한 숲 어딘가라고 밖에는 설명할 수 없겠네요."

"그렇군. 그럼 그들이 왜 자네를 데려간 거지?"

오웬 백작의 물음에 자하르는 고개를 저었다.

"저도 잘 모르겠습니다."

"잘 모르겠다?"

"가둬두고는, 이상한 구슬을 자꾸 먹이더군요."

자하르는 자신이 카르안이라는 사실을 숨겼다.

　말한다고 해서 득을 볼 것도 없을뿐더러, 앞으로의 관계가 어색해 질 수 있다는 생각에서였다.

　하지만 그 부분을 제외한 나머지에서는 자하르는 숨기지 않았다.

　자하르는 플루토가 제공한 구슬에 대해 자세히 설명했다.

　구슬이 바로 마스터를 양산하는 매개체였고, 그것을 통해 막대한 마나를 흡수할 수 있었다는 것.

　그리고 그렇게 흡수한 힘을 통해 그 자리를 빠져나올 수 있었다는 것까지.

　간결한 설명에 오웬 백작의 의문을 품었다.

　“대체 왜……?”

　“저도 잘 모르겠습니다. 흑마법사들이 왜 저에게 그런 구슬을 제공했는지는.”

　오웬 백작은 잠시 생각하더니 말했다.

　“자네를 회유하려고 그랬던 걸지도 모르겠군.”

　“회유?”

　“알다시피 프랑크 왕국의 거짓된 마스터들은 모두 흑마법사들에게 회유가 된 상태이지 않나? 어쩌면, 그 구슬을 제공함으로서 자네 역시 거짓된 마스터들처럼 자신들의 편으로 만들려고 했을지도 모른다는 거네.”

　제법 그럴듯한 말이었다.

물론 사실과는 전혀 다르지만, 언뜻 겉으로 보기에는 그럴 수도 있겠다 싶었다.

자하르는 오웬 백작의 말에 고개를 끄덕였다. 대충 상황 설명이 끝나자 자하르는 그 자리에서 만났던 이들에 대해 설명했다.

"절 데리고 온 흑마법사는 플루토라는 자였습니다."

"플루토……?"

자리에서 벌떡 일어난 오웬 백작이 되물었다.

"네가 말한 플루토가 내 머릿속에 떠오른 그가 맞는가?"

"맞을 겁니다."

확신이 가득한 대답에 오웬 백작은 말을 잃었다.

플루토는 아이작과 더불어 역사 속에서 대륙에 피를 몰고 온 대흑마법사 중 하나이다.

아이작과 비교하여 단신으로 대륙을 집어삼키는 위용을 발휘하지는 못했다.

플루토는 언데드 군단을 거느린 아이작과는 달리, 흑마법사들의 세력을 만들었다.

또한 기록과 세간의 평가를 보더라도 플루토는 아이작에 비해 다소 떨어지는 감이 있었다.

물론 그런 점을 감안하더라도 플루토는 충분히 두려워 할 만 한 흑마법사였다.

아이작에 이어 플루토까지.

오웬 백작은 앞이 점점 어두워지는 것 같았다.

"허허……."

"플루토는 구슬을 이용해 마스터를 양산했습니다. 그중, 특별하게 강한 몇몇이 바로 에드안과 바알, 그리고 로크입니다. 다행히 에드안은 제가 쓰러뜨렸지만… 로크는 무리였습니다."

"로크, 그자가 그렇게 강하던가?"

세간의 평가는 로크를 에드안이나 바알보다 높게 두지 않았다.

바알이 바로 카르안 다음으로 강하다고 평가받는 검사인 만큼 오웬 백작은 로크를 다소 무시하고 있었다.

"아마… 후작님이 두 분 계시더라도 로크, 그자는 이길 수 없을 겁니다."

자하르의 냉정한 평가에 잠자코 이야기를 듣고 있던 류지 후작의 미간에 주름이 잡혔다.

"어찌 그렇게 확신하지?"

"후작님과 로크, 둘 모두와 검을 겨루어 봤기에 알 수 있습니다. 로크 그자는 제가 아니면 당해낼 수 없을 겁니다."

쾅―!

류지 후작의 주먹이 벽면을 후려쳤다.

단단한 벽이 우수수 허물어졌다. 자하르의 눈을 노려보며 류지 후작이 말했다.

"네가 짧은 시간 사이 강해진 것은 안다. 하지만, 지금 그 말은 너무 오만한 발언이다."

"과연 그럴까요?"

쿠구구구구—

두 사람의 오러가 부딪히며 성이 통째로 흔들렸다.

그 사이에 끼어 있는 루셴과 오웬 백작은 질린 표정으로 두 사람을 바라봤다.

두 사람의 눈에는 자하르와 류지 후작, 두 사람 모두 도저히 인간 같지 않았다.

단지 오러를 뿜어대는 것만으로도 성을 통째로 흔들다니?

게다가 그 와중에 오웬 백작과 루셴은 아무런 피해도 입지 않았다.

"으음……."

가장 먼저 신음을 흘린 쪽은 류지 후작이었다.

그것으로 오웬 백작은 류지 후작이 밀린다는 것을 알 수 있었다.

류지 후작이 서서히 기세를 거두어 들였다. 거기에 맞춰 자하르 역시 기세를 거두었다.

무너지기라도 할 듯 울려대던 성이 다시 안정을 찾았다. 류지 후작은 잠시 숨을 골랐다. 반면, 자하르는 무슨 일이 있었냐는 듯 평온해 보였다.

"인정한다. 정말 대단하군."

류지 후작이 감탄 어린 표정으로 고개를 끄덕였다.

"그 와중에 이 두 사람까지 보호하면서, 내 힘에 맞춰 힘을 끌어 올린다. 허 참, 아직 전력을 보인 것이 아닌 모양이구나."

"아직 한참 남았죠."

"대단한 행운이야. 플루토가 자네에게 제공한 구슬이 대체 얼마나 큰 힘을 가져다 준 것인지……."

류지 후작은 자하르가 가진 힘이 플루토가 제공한 구슬에서 나온다고 생각했다.

따지고 보면 그렇게 틀린 말은 아니었다. 검술을 제외한 순수한 오러의 싸움에서는 플루토가 제공한 구슬의 힘이 상당히 크게 작용했다.

수십 명분 마스터의 마나를 흡수했다.

자하르가 지닌바 마나는 과거 카르안 시절과 크게 다르지 않을 정도였다.

하지만 그 힘을 다루는 것은 온전히 자하르의 실력이었다. 오러를 다루는 능력에 있어서 천재 이상이라고 할 수 있는 자하르였기에 가지고 있는 마나를 제대로 다룰 수 있는 것이었다.

"네 실력은 잘 알겠다. 이전에는 로크에게 패해서 사로잡혔다고 하지만, 지금 싸우면 어떻게 될 것 같나?"

"제가 이깁니다."

자신만만한 자하르의 대답에 오웬 백작이 안도한 표정을 지었다.

바알과 로크를 쓰러뜨릴 수 있다면 플루토 역시 상대하기가 그리 어렵지 않았다.

특히나 자하르의 실력이라면 플루토를 막아내기가 그리 어렵지 않을 것이다.

바알과 로크, 플루토.

거기까지 생각이 미친 오웬 백작의 안색이 급격히 어두워졌다.

"그런데……."

"이제 생각나셨습니까?"

"크음……."

아이작.

그를 잊고 있었다.

오웬 백작은 아이작에 대해서 의문이 들었다.

과연 아이작이 부활한 것이 맞는 것인가?

아이작의 부활에 대해 알게 된 것이 벌써 몇 년 전이었다.

하지만 대흑마법사, 아이작이 부활했다기엔 대륙이 너무나도 평화로웠다.

기록상의 아이작은 그야말로 공포였다. 단신으로 백만의 언데드 군단을 거느리며, 메테오라는 궁극의 마법으로 수만의 병사들을 쓸어버린다.

그런 아이작이 부활했다면 분명 무슨 징조가 있어야 한다. 지금 흑마법사들처럼 이렇듯 숨어서 소극적으로 나올 리 없었다.

"아이작이 왜 나타나지 않느냐, 그게 계속 의문이었죠."

자하르는 마치 정말로 그런 의문을 품고 있었다는 듯 말했다.

사실은 아이작이 힘을 회복하고 있다는 것을 알면서도 말이다.

"아이작은 힘을 회복하고 있었습니다. 제가 잡혀간 곳에는 잠들어 있은 채 힘을 회복중인 아이작이 있었습니다."

"정말인가?"

"네, 그리고 더욱 놀라운 사실은 플루토가 힘을 회복한 아이작을 흡수하려고 한다는 겁니다."

"……."

워낙 놀라운 이야기에 오웬 백작은 더 이상 말도 나오지 않았다.

"제가 탈출했을 때에는 이미 아이작이 부활한 후였습니다만, 그 이후의 상황은 잘 모르겠습니다. 플루토가 계획대로 아이작의 힘을 무사히 흡수한 건지, 어쩐지는……."

말은 그렇게 하지만 자하르는 아이작이 당하지 않았을 것이라 확신했다.

자하르가 느끼기로 플루토는 결코 아이작의 상대가 아니었다.

설마 치밀한 계획을 세워 기습한다고 하더라도 아이작은 그리 호락호락하지 않았다.

자하르의 설명에 오웬 백작과 류지 후작의 표정이 심각해졌다.

아이작이 부활한 것, 플루토가 아이작의 힘을 흡수한 것, 어느 쪽이든 상황이 그리 좋지 않았다.

자하르의 말대로라면 멀지 않아 아이작이 다시 이 대륙에 등장할 테니 말이다.

"네 말이 사실이라면……."

"네, 대륙은 끝장이죠."

드르륵—

자하르가 자리에서 일어나며 말을 덧붙였다.

"카르안이 살아 돌아오지 않는 이상은."

*　　*　　*

류지 후작은 아이작의 존재를 전해 들었음에도 프랑크 왕국을 공격하는 것을 멈추지 않았다.

어차피 아이작은 언제고 싸워야 하는 상대였다. 류지 후작은 싸우려면 부활하고 시간이 얼마 지나지 않은 지금이 차라리 낫다는 판단을 내렸다.

힘을 회복하고 시간이 얼마 되지 않았으니 그만큼 힘이 불안정할 것이라는 생각이었다.

아이작의 존재를 알게 된 류지 후작은 진군 속도를 한층 높였다.

수복한 성은 일부 병사들을 남겨둔 채 바로 행군을 시작했다.

순식간에 크란 제국에서 프랑크 왕국의 수도로 향하는 영지들이 점령당했다.

자하르는 직접 전쟁에 참여했다.

자하르가 하는 일은 주로 적들 중 거짓된 마스터를 죽이는 일이었다.

한 영지당 평균적으로 한 명 정도 거짓된 마스터가 배치되어 있었다.

"다음 영지를 꽤 까다로울 것이다."

참모들을 불러 모은 회의에서 류지 후작이 거대한 지도를 꺼냈다.

지도는 하나의 거대한 협곡과 그 사이의 견고한 성벽이 그려져 있었다.

프랑크 왕국의 최종 방어선이라고 할 수 있는 안트 요새였다.

산으로 둘러싸여 있는 요새는 지형이 공성에 무척 용의했다.

과거 일만의 병사로 십만의 적군을 막아낸 요새가 바로 이곳이었다.

"안트 요새는 프랑크 왕국의 수도로 진군하기 위해 필수적으로 거쳐야 하는 관문이다. 좋은 의견이 있는 사람 있나?"

류지 후작의 물음에 참모들은 하나같이 입을 다물었다.

아무리 유능한 참모라 하더라도 이 안트 요새만큼은 공략이 쉽지 않았다. 결국 어쩔 수 없이 희생을 감수할 수밖에 없었다.

"성문을 부순다면 어떻겠습니까?"

자하르의 물음에 류지 후작이 고개를 저었다.

"힘들 것이다."

"어째서입니까?"

"안트 요새의 성문은 각종 마법진으로 보호되어 있다. 통짜 강철로 이루어진 성문에, 마법으로 보호되어 있는 성문을 부수기란 불가능하다.”

안트 요새는 괜히 철옹성이 아니었다.

애초 통짜 강철로 이루어진 성문 자체가 열고 닫는 목적보다는 적의 공격을 염두에 둔 것이었다.

게다가 우수한 마법사들의 도움을 받아 만든 몇 겹의 마법진은 안트 요새의 성문을 더욱 견고하게 만들었다.

그런 안트 요새의 성문을 뚫기란 류지 후작이라 하더라도 불가능한 일이었다.

“게다가 성문을 부순다고 하더라도 문제가 있다.”

“뭡니까?”

“요새의 지형이다. 지형상 성의 위쪽에서 화살을 날리면, 성문으로 향하는 길목에서 우리 병사들이 큰 피해를 받는다. 애초에 성문까지 접근하는 것조차 쉽지 않은 것이지.”

자하르는 잠시 생각하더니 말했다.

“화살을 날릴 수 없게 하면 되지 않습니까?”

“뭐?”

드르륵—

의자를 뒤로 밀치며 자하르가 자리에서 일어났다.

“잘하면 될 것 같기도 해서 말입니다.”

　　　　　*　　　　*　　　　*

　회의가 진행 중인 처소를 나온 자하르를 오웬 백작이 뒤쫓았다.

　"무슨 생각이냐?"

　"말씀드린 대롭니다. 화살을 날릴 수 없게 하려고 합니다."

　오웬 백작은 자신이 헛소리를 들은 것이 아니라는 것에 황당한 표정을 지었다.

　"지금 그게 무슨 헛소리냐?"

　"저도 잘 모르겠습니다. 될지 안 될지는 해봐야 알 것 같네요."

　자하르는 말을 마치고 터벅터벅 안트 요새를 향해 걸어갔다.

　멀리 보이는 안트 요새는 험한 산맥 위쪽에 웅크리고 있었다.

　요새를 공격하기 위해 올라가는 길은 시야가 탁 트여 있어서 류지 후작의 말대로 화살을 날리면 꼼짝없이 당할 수밖에 없는 형태였다.

　"험하긴 험하군."

　자하르는 탁 트인 장소로 걸음을 옮겼다.

오웬 백작은 자하르의 의도가 궁금해 그의 뒤를 따랐다. 자하르는 오웬 백작이 따라오건 말건 묵묵히 걸음을 옮겼다.

크란 제국군의 군막과 안트 요새 사이에는 작은 평야가 있었다. 자하르는 평야의 한가운데에서 걸음을 멈췄다.

"여기에서 뭘 하려는 것이냐?"

"보고 계십시오."

자하르가 검을 뽑았다.

오웬 백작은 조금 떨어진 곳에서 자하르가 무엇을 하는지 구경했다.

검을 뽑아 든 자하르는 아무 것도 하지 않았다.

검을 들고 가만히 서 있을 뿐이었다.

한참 동안 아무 일도 없자 오웬 백작은 슬슬 의구심이 들었다.

'대체 뭘 하는 거지?'

그런 생각이 들 때쯤, 오웬 백작은 몸이 무겁다는 생각이 들었다.

"뭐지?"

그때까지만 해도 오웬 백작은 크게 이상한 점을 느끼지 못했다.

단지 몸 상태가 조금 안 좋나 보구나 했을 뿐이었다.

하지만 점점 비약적으로 몸이 무거워지자, 오웬 백작은 무언가 일어나고 있다는 것을 눈치챘다.

"이건……?"

구구구—

다리가 꺾일 뻔한 오웬 백작은 간신히 오러를 일으켜 몸을 지탱했다.

그 정도로 무거운 압력이었다. 대기가 일그러져 보일 정도였다.

오웬 백작은 갑작스레 무슨 일인가 싶어 자하르를 바라봤다.

"설마……?"

이 와중에도 자하르는 무슨 일이 있냐는 듯 평온해 보였다.

오웬 백작은 지금 이 현상이 자하르가 만들어 낸 것이라는 것을 알 수 있었다.

잠시 후, 자하르가 눈을 뜨더니 입을 열었다.

"대충 이 정도인가?"

"대체 이게 무슨 일이냐?"

"저도 될까 궁금했는데 어떻게 흉내는 낼 수 있네요. 로크가 사용한 중력에 비하면, 너무 부족하지만 말입니다."

로크는 자하르조차 꼼짝 못하게 할 정도로 강한 중력을 다루었다.

반면 자하르는 오웬 백작조차 무릎 꿇게 할 수 없었다.

실력의 문제라기보다는 애초에 가는 길이 다르기 때문이었다.

"중력?"

"오러를 사방으로 조금씩 퍼뜨려 거기에 무게를 더한 것입니다. 생각보다 원리는 간단한데… 역시나 마나를 많이 사용하네요."

로크의 경우에는 자하르에 한해서 중력을 제어했지만 자하르는 평원 전체의 중력을 제어하고 있었다.

평원 전체에 오러를 퍼뜨려 중력을 제어하는 일이었다. 자하르는 몸속에서 마나가 쭉쭉 빠져나가는 것을 느끼며 말했다.

"대략 이 평원 정도 넓이의 중력을 제어하려면, 삼십 분이면 마나가 다 고갈될 것 같습니다."

"삼십 분……?"

생각보다 긴 시간에 오웬 백작이 눈을 크게 떴다.

자신이야 어찌어찌 버티고 있다지만 이 정도 중력이면 어지간한 사람들은 제대로 서 있을 수도 없었다.

아니, 마나를 다루는 기사들조차도 몸을 가누지 못할 것이다.

평원 정도 크기의 중력을 제어할 수 있다면, 자하르 혼자서 안트 요새 위의 병사들의 움직임을 제어할 수 있다는 뜻이었다.

그리고 삼십 분이라면 병사들을 안트 요새를 향해 전진시킬 수 있을 만한 시간이었다.

"당장 병사들을 준비시키도록 하지."

＊　　＊　　＊

크란 제국의 병사들이 움직였다.

안트 요새를 공략하기 위한 병력은 소수 정예 식으로 구성되었다.

대다수가 기사들과 마법사로 이루어져 있었고, 그들의 목적은 최대한 빠른 시간 안에 안트 요새에 접근하는 것이었다.

참모들은 오웬 백작의 지휘에 강한 불만을 표했다.

기사들과 마법사들과 병사들은 참모들, 즉 귀족들이 차출한 인력이었다.

참모들은 그들이 쉽게 목숨을 잃는 것을 바라지 않았다. 전쟁이 끝나면 다시 그들의 든든한 방패가 될 기사들과 병사들이 아니던가.

오웬 백작은 참모들을 다독이며 자신이 책임을 지겠다고 선언했다.

오웬 백작이 직접 책임을 지겠다고 하는데 계속해서 대들 사람은 없었다.

결국 참모들은 두고 보자는 생각으로 오웬 백작의 말을 따랐다.

"정말로 가능하겠느냐?"

병사들을 준비시킨 류지 후작이 물었다.

"제 걱정은 말고, 시간이나 잘 지키시면 됩니다. 삼십 분. 그 안에 도착해야 합니다."

"알았다."

류지 후작의 대답에 자하르가 씩 웃었다.

"그럼 먼저 가보겠습니다."

"잘 부탁한다."

류지 후작을 향해 살짝 고개를 숙인 자하르가 그대로 몸을 날렸다.

병력이 도착하기 전, 자하르는 미리 안트 요새에 도착해 프랑크 왕국의 병사들이 활을 쓰지 못하도록 해야 했다.

가볍게 산을 탄 자하르는 불과 오 분 남짓한 시간 만에 안트 요새에 도착했다.

가까이서 본 안트 요새는 멀리서 볼 때보다 훨씬 웅장했다.

성문은 거의 십 미터 가까이 되어 보였고, 두께 역시 거의 일 미터는 넘는 듯했다.

게다가 성문에는 각종 마법진이 그려져 있었다. 한둘도 아니고, 그 수를 세기가 어려울 정도였다.

수많은 보호 마법진이 그려진 통짜 강철로 만들어진 성문.

자하르는 류지 후작이 왜 성문을 뚫기가 어려울 것이라 한 것인지 알 수 있었다.

"확실히 골치 아프긴 하겠네."

자하르가 성문을 향해 가까이 다가가자, 그제야 안트 요새의 병사들이 자하르를 발견했다.

"누구냐!"

안트 요새의 위쪽에서 병사들이 자하르를 향해 활을 겨누었다.

순식간에 수백 개의 활이 자하르를 향해 겨누어졌다.

힐끔 요새 위쪽의 병사들을 바라본 자하르는 관심이 없다는 듯 이내 성문으로 시선을 돌렸다.

"뭐, 미리 선물이라도 남겨둘까?"

스릉—

자하르가 허리춤에 차고 온 검을 뽑았다. 그러자 안트 요새 위쪽에서 수백 여 발의 화살이 쏘아졌다.

쿠구구궁—

그때, 안트 요새를 중심으로 거대한 중력이 펼쳐졌다.

투두두두두둑—

수백여 발의 화살이 바닥으로 곤두박질쳤다.

동시에 자하르의 검이 성문을 베어갔다.

지이이이잉—

자하르의 검이 부딪히자 성문에 새겨져 있던 마법진이 발동했다.

수백 명의 마법사가 힘을 모아 만든 마법진이었다. 마스터와 비견된다는 프랑크 왕국의 마탑주가 직접 설계한 마법진들이었다.

아니나 다를까, 수십여 겹의 막이 성문을 보호하기 시작했다.

일 미터에 이르는 두께의 성문에 수십여 겹의 방어 마법이 펼쳐졌다.

그 말은 즉, 모든 마법진이 발동해야 할 만큼 자하르의 공격이 매서웠다는 뜻이었다.

"이 정도로는 뚫리지 않는다, 이건가?"

자하르가 다소 놀란 표정을 지었다.

충분하리라 생각했던 공격이 수십여 겹의 방어 마법에 의해 막혀들었다. 그리고 의외로 성문을 보호하는 마법들은 견고했다.

물론 그렇다고 뚫지 못할 것은 아니었다.

"귀찮게 하는군."

자하르의 검이 성문을 베었다.

쩡―!

성문을 보호하는 막이 하나 깨어졌다.

자하르의 검에는 한 점의 오러도 실려 있지 않았다. 이 자리에서 오러를 사용하면 류지 후작과 약속한 삼십 분의 시간을 지킬 수 없었다.

자하르는 순수한 검술만으로 성문을 보호하는 방어를 깨뜨리고 있었다.

챙―!

두 번째 막이 깨어졌다.

자하르는 마법이 가지고 있는 취약점을 찾아내 그곳을 두드리고 있었다.

어떠한 단단한 방패라도 약점은 있게 마련이었다.

사물에는 결이 있고, 마법 역시도 흐름을 끊는 약점이 있었다.

원래대로라면 이렇듯 수십 겹으로 펼쳐진 막을 하나씩 깨뜨리는 것은 불가능했다.

마법진의 중첩은 마법으로 만들어 낸 방어막을 하나로 합치는 개념이었다.

수십 겹으로 겹쳐진 막을 깨뜨리기 위해서는 그것을 하나하나 깨뜨리는 것이 아니라 한 번에 깨뜨려야 한다.

만약 자하르처럼 막을 하나씩 깨뜨릴 수 있었다면 류지 후작이 성문을 뚫을 수 있을 것이라 장담했을 것이다.

하지만 이것은 류지 후작은 할 수 없고, 자하르는 할 수 있는 일이었다.

자하르는 볼 수 있었다, 수십 겹으로 겹쳐진 막들이 가진 하나하나의 약점을.

자하르는 직감적으로 성문을 보호하는 막들이 가지고 있는 약점을 두드렸다.

때문에 오러를 사용하지 않고도 마법을 파해할 수 있었고, 막을 하나하나씩 깨뜨릴 수 있었다.

챙ㅡ 째재쟁ㅡ!

성문을 보호하는 막이 하나둘 깨어졌다.

자하르는 하나씩 막을 깨뜨릴 때마다 점점 요령을 알아갔다.

막을 깨뜨리는 자하르의 속도가 점차 빨라지기 시작했다.

쩌저정ㅡ!

결국 마지막 막이 깨어졌다.

자하르는 검을 휘두르기 직전, 성문을 유심히 살폈다.

얼마만큼의 힘으로 베어야 할지.

어디를, 어떻게 베어야 할지.

자하르의 눈에 그것이 보였다.

'됐다.'

자하르의 머릿속에 전율이 흘렀다.

보였다. 베어야 할 것이, 어떻게 베어야 할지 보이기 시작했다.

그것을 보는 것과 보지 못하는 것에는 엄청난 차이가 있었다.

벨 수 없는 것을 벨 수 있게 됐다.

그 말은 즉, 모든 것을 벨 수 있게 된 것이다. 드디어, 카르안이 도달한 경지에 도달한 것이다.

서격―

가볍게 휘두른 검은 무척 부드러운 소리를 냈다.

성문이 반으로 쪼개어졌다. 잠시 후, 육중한 무게의 성문이 우르르 무너졌다.

쿠웅―!

성문의 크기를 생각해 볼 때, 자하르가 휘두른 검의 보폭은 무척 좁았다.

그럼에도 성문은 무너졌다.

이미 자하르에게 있어서 검을 휘두른 거리나 보폭 따위는 아무런 상관이 없었다.

카르안의 경지는 그것을 초월해 있었다. 그리고 자하르는 그 카르안의 경지에 도달했다.

자하르는 무너진 성문을 보며 생각했다.

‘아직은 부족하다.’

카르안이었다면 성문이 아니라 성을 통째로 베어버렸을 것이다.

하지만 자하르는 이것만으로도 만족했다.

드디어 카르안을 따라잡았다. 그리고 이제는 아이작과 싸울 수 있다는 확신이 들었다.

벨 수 있는 것을 베는 것과 벨 수 없는 것을 베는 것.

그 차이가 얼마나 큰지 아는 사람은 오직 카르안밖에 없었다.

“그래도… 이제 금방이야.”

카르안의 경지에 도달했다.

이제 그 경지에 몸이 익숙해지는 것만 남았다. 그리고 그것은 그리 길지 않은 시간이 필요할 뿐이었다.

“감상은 여기까지만 해야겠군.”

자하르는 멀리 아래에서 보이는 제국군을 발견했다.

성문이 뚫리자 안트 요새에서는 자하르를 향해 화살을 날릴 생각도 못하고 멍한 상태였다.

하지만 제대로 된 지휘관이 있다면 머지않아 제국군을 향해 화살을 날릴 것이 분명했다.

“그렇게 되기 전에……”

타닥—

자하르가 지면을 강하게 밟았다.

순식간에 도약한 자하르가 안트 요새 위로 올라갔다. 순식간에 성문을 뚫은 자하르의 신위에 그 모습을 구경하던 병사들이 당황했다.

"흐이이익!"

자하르가 요새 위로 올라오자 병사들이 기겁하며 뒤로 물러났다.

당황한 나머지 화살을 날리는 병사들도 있었다.

자하르는 그런 병사들의 화살을 검으로 살짝 튕겨냈다.

"미안하지만, 한 삼십 분 정도 조용히 있어줘야겠어."

자하르가 씩 웃으며 오러를 사방으로 퍼뜨렸다.

순식간에 자하르의 오러가 안트 요새 전체에 퍼졌다.

쿠구구구구―

자하르의 오러가 안트 요새를 짓눌렀다. 그러자 그 위에 서 있던 병사들이 일제히 바닥에 쓰러졌다.

"끄아아아아!"

비명을 지르는 병사들을 보며 자하르가 혀를 차며 말했다.

"안 죽는다. 엄살은……."

자하르는 쓰러진 다른 병사들을 무시하고는 서 있는 이들에게 시선을 돌렸다.

마나를 다루는 기사들은 간신히나마 서 있는 듯했다.

그중, 엑시드를 사용하는 기사들은 움직이는 데도 무리가
없어 보였다.

하지만 문제는 그들이 아니었다.

아무렇지도 않은 듯 서 있는 이들.

바로 거짓된 마스터들이었다.

물론 거짓된 마스터들 정도로 자하르가 당할 일은 없었다.

문제는 한둘이 아니라는 점이었다.

"마흔이라. 많이도 모아놨군."

거짓된 마스터가 무려 마흔이었다.

기가 찰 정도였다. 마흔 명의 거짓된 마스터라면 류지 후작
이라고 하더라도 상대하기가 힘들 것이다.

애초에 프랑크 왕국에서는 안트 요새에서 크란 제국군을
막아낼 생각이었는 듯했다.

그렇지 않고서야 안트 요새에 이렇게 많은 마스터를 모아
놓았을 리 없었다.

"게다가 이제 슬슬 쥐새끼들도 등장하시고."

자하르는 한쪽에서 숨을 죽이고 있는 흑마법사들의 존재
를 알 수 있었다.

그것도 보통 흑마법사들이 아니었다. 그 힘이 마스터에 필
적하는 흑마도사들이었다.

뿐만 아니었다.

마스터를 암살할 수 있다고 알려진 흑마법사들의 그림자 암살자까지 무려 다섯이었다.

거짓된 마스터가 마흔.

흑마도사가 열.

그림자 암살자가 다섯.

어마어마한 전력이 아닐 수 없었다.

이 정도 전력이라면 당장에라도 왕국 하나 정도는 쑥대밭으로 만들 수 있을 정도였다.

자하르의 눈살이 찌푸려졌다.

"삼십 분이라는 말 취소."

검을 움켜쥐며, 자하르가 지면을 박찼다.

"이십 분."

CHAPTER 06
아이작의 부활

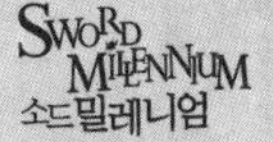

서격—

순식간에 마스터의 목이 바닥을 뒹굴었다.

자하르의 등을 또 다른 마스터가 노리고 찔러왔다. 그 순
간, 자하르의 신형이 거짓말처럼 사라졌다.

서격—

또다시 한 명의 마스터의 목이 떨어졌다.

너무나도 허무한 죽음이었다. 마스터라고 하면 일인 군단
이라고 불리는 존재가 아니던가.

아무리 보통 마스터보다는 약한 거짓된 마스터라지만 심

하다 싶을 정도로 자하르는 손쉽게 마스터의 목을 베고 있었
다.

짜아앙—!

자하르가 마스터의 목을 베는 순간, 폭발이 자하르를 휩쓸
었다.

쭈악—

멀리 떨어져 있던 흑마도사의 몸이 반으로 나눠졌다.

자하르는 멀쩡했다. 애초에 폭발이 일어나기 전에 몸을 날
린 것이다.

바닥에 착지한 자하르를 거짓된 마스터들이 둘러쌌다.

사방을 포위한 마스터들을 보며 자하르가 씩 웃었다.

"고맙네. 내가 딱 원하는 상황을 만들어 줘서."

심상치 않은 분위기에 흑마도사가 소리쳤다.

"피해라!"

"지랄한다."

쉬이이익—

촤악, 촤아아아악—!

자하르의 주위를 둘러 싼 마스터 십여 명이 그대로 절명했
다.

흑마도사의 외침에 반응한 반 정도가 살아남았다. 자하르
는 멈추지 않고 마스터들을 향해 몸을 날렸다.

"이익!"

마스터 한 명이 이를 빠득 갈며 자하르를 향해 검을 내질렀
다.

자하르가 피하지 않고 검을 휘둘렀다. 두 사람의 검이 부딪
히는 순간이었다.

서걱—

마스터의 검이 그대로 잘려 나가며 그대로 마스터의 목이
베어졌다.

오러가 맺힌 검은 절대 베어지지 않는다. 그렇게 알려져 있
었다.

마스터가 무적인 이유도, 오러가 맺힌 검이 무엇이든 벨 수
있다고 알려진 것도 그런 이유에서였다.

오러를 베는 오러.

자하르의 검은 그 정도의 경지에 이르러 있었다.

슈슈슉—

서걱—

자하르는 마스터들의 사이를 누비며 정확히 목을 베어 넘
겼다.

다수의 마스터를 상대로 학살을 펼치는 모습에 흑마도사
가 기가 질린 표정을 지었다.

"이건… 말이 다르잖아?"

흑마도사와 마스터들은 바로 크란 제국군에 자하르가 있다는 소식에 아이작이 보낸 이들이었다.

아이작은 아직 자하르가 힘을 다 회복하지 못했을 것이라 생각했다.

아이작이 예상한 자하르의 힘은 최소한 바알, 강해봤자 로크 정도의 수준이었다.

하지만 아이작이 예상하지 못한 것이 있었다.

바로 플루토가 자하르에게 제공한 구슬이었다.

아이작은 플루토가 자하르에게 구슬을 제공한 사실을 모르고 있었다.

애초에 플루토가 그 사실을 말하지 않고 죽었기 때문이었다.

그의 심복인 지스트 역시 아이작에 의해 죽임을 당했고, 바알과 로크가 그 사실을 알려줄 리도 없었다.

슈악—

멀리 떨어진 곳에서 휘두른 자하르의 검에 흑마도사의 몸이 양단되었다.

이미 자하르의 검은 거리를 무시할 수 있는 경지에 올라 있었다.

까앙—!

자하르의 등 뒤로 나타난 암살자의 단검이 막혔다.

정확하게 자하르의 등을 찔렀건만, 자하르는 오러를 몸에
두른 상태였다.

자하르가 두른 오러는 어지간한 마스터의 검 정도는 무시
할 정도였다.

뚜두둑—

자하르는 당황한 암살자의 목을 그대로 분질러 버렸다.

이렇게 죽은 암살자가 벌써 셋이었다. 마스터도, 흑마도사
도 이제는 거의 남아 있지 않은 상태였다.

"슬슬 끝나 가는군."

"후퇴, 후퇴해라!"

우두머리로 보이는 흑마도사가 소리쳤다.

자하르는 소리친 흑마도사를 바라보며 씩 웃었다.

"누구 맘대로?"

지이이잉—

쓰러진 마스터들의 검이 허공으로 떠올랐다.

무려 스무 자루에 이르는 검이었다.

자하르는 그 검을 일제히 흑마법사들과 살아 있는 마스터
들을 향해 날렸다.

파바바바박—

검 하나에 한 명씩.

자하르가 날린 검은 정확히 목을 꿰뚫었다.

순식간에 아군 흑마도사들과 마스터들이 쓰러지자 우두머리 흑마도사는 당황한 표정을 지었다.

"이, 이게 대체……."

"넌 뭐지? 너도 혹시 장로인가 뭔가 하는 놈이냐?"

"흐익!"

흑마도사는 어느새 바로 코앞까지 다가온 자하르의 모습에 기겁하며 마법을 쏘았다.

콰광—!

순식간에 거대한 폭발이 일어나며 자하르를 휩쓸었다.

어지간한 마스터도 버티기 힘든 폭발이었지만 자하르에게는 씨알도 먹히지 않았다.

폭발이 가시고 자하르가 옷을 툭툭 털어내며 물었다.

"대답할 생각이 없는 건가? 물어볼 게 많아서 일부러 살려둔 건데."

"이놈!"

쭈악—

흑마도사의 주위에서 수십 가닥의 검은 창이 쏘아졌다.

서걱—

"헛짓거리 말고, 대답이나 하라고."

콱—

자하르의 손이 흑마도사의 목을 잡았다.

“커컥!”

“반응을 보니 고통을 대가로 하지는 않은 것 같고… 아무래도 젊음을 대가로 한 모양이군.”

흑마도사의 얼굴을 유심히 바라보던 자하르는 그의 얼굴이 다 죽어가는 노인처럼 주름져 있다는 것을 발견했다.

대부분의 흑마법사들처럼 힘을 얻기 위해 젊음을 대가로 지불한 것이다.

자하르는 흑마도사의 목을 잡고 있는 손을 놓았다. 바닥에 쓰러지며 흑마도사가 기침을 토해냈다.

“커컥!”

“대답해라. 너, 장로 맞지?”

자하르의 음성에 오러가 실렸다.

오러가 실린 음성을 바로 마주하는 흑마도사는 몸을 부르르 떨며 고개를 끄덕였다.

오러로 상대의 뇌를 자극해, 일종의 가사 상태에 빠뜨려 반사적인 대답이 나오게 만드는 기술이었다.

예상했던 질문에 예상했던 대답이라 자하르는 별다른 반응을 보이지 않았다.

애초에 눈앞의 흑마도사가 장로들 중 한 명일 것이라고는 이미 예상한 바였다.

“두 번째 질문, 누가 보냈지? 플루토냐, 아이작이냐?”

이번 질문에 흑마도사는 반응을 보이지 않았다.

자하르는 흑마도사의 머리로 손을 가져갔다. 그리고 그의 머리에 자신의 오러를 조금씩 불어넣었다.

흑마도사의 몸속의 흑마나가 자하르의 오러에 저항했다. 하지만 결국 자하르의 의도대로 오러는 흑마도사의 머리를 잠식했다.

“다시 묻지. 날 죽이라고 보낸 사람은 플루토냐, 아니면 아이작이냐?”

“아… 이작… 님.”

가장 궁금했던 부분이었다.

과연 플루토가 아이작의 힘을 흡수했을까?

자하르가 느끼기에 플루토는 아이작의 힘에 반의반도 따라가지 못했다.

때문에 아이작이 당할 일은 없다고 생각했지만, 세상일에는 만약이라는 것도 존재했다.

하지만 그런 만약의 일은 일어나지 않았다.

흑마도사를 보낸 사람이 아이작이라면, 적어도 아이작은 아직까지 살아 있는 소리였다.

‘이게 다행인지 불행인지.’

플루토가 아이작을 흡수하지 못한 것이 다행인지 불행인지는 아직 정확히 알 수 없었다.

하지만 적어도 아이작이 살아 있고, 그를 상대할 수 있는
사람은 자하르뿐이라는 사실은 변하지 않았다.

"죽이는… 게… 아니……."

"…뭐?"

"시간을… 벌어야……."

자하르는 눈을 반짝이며 흑마도사에게 대답을 재촉했다.

"죽이려던 게 아니야? 시간을 벌어? 무슨 소린지 자세히 말
해봐!"

"목표는……."

흑마도사의 말이 이어졌다.

"크란…제국."

류지 후작은 자하르가 시간을 벌어주는 동안 오웬 백작과
함께 병력을 이끌고 안트 요새로 접근하고 있었다.

자하르의 말대로 요새 쪽에서 퍼부어지는 공격은 없었다.
오히려 너무 조용해 불안감이 들 정도였다.

병사들은 류지 후작의 명령에 따라 최대한 빠른 속도로 전
진했다.

삼십 분 내로 모든 병사들이 안트 요새로 들어서는 것이 최
종적인 목표인 만큼 신속한 움직임이 필요했다.

"아무래도 무슨 일이 있나 보군."

류지 후작의 중얼거림에 오웬 백작 역시 고개를 끄덕였다.

"제가 가볼까요?"

"아니, 됐다. 이미 정리가 거의 다 된 듯하니."

류지 후작의 말이 끝나기가 무섭게 오웬 백작은 무언가가 빠르게 접근하고 있다는 것을 눈치챘다.

잠깐 사이 오웬 백작의 옆으로 다가온 사람은 바로 자하르였다.

자하르의 옆구리에는 흑마도사가 끼워져 있었다.

"무슨 일인가?"

자신의 눈앞까지 빠르게 짓쳐 든 자하르를 보며 오웬 백작이 물었다.

"일이 꼬였습니다."

"네가 여기 있는 것만 봐도 알 것 같다. 그런데 그 녀석은……?"

자하르가 옆구리에 끼고 있던 흑마도사를 바닥에 떨어뜨렸다.

흑마도사는 아직 제정신을 차리지 못한 듯 멍한 눈으로 천천히 몸을 일으켰다.

"흑마도사입니다."

"흑마도사?"

"네. 그것도 일반적인 흑마도사도 아닌, 흑마법사들의 장로 직책을 가진 녀석입니다. 다른 흑마도사들과 가짜 마스터들과 함께 저를 기다리고 있더군요.”

자하르는 방금 전 안트 요새에서 있었던 일들을 설명했다.

수십 명의 마스터와 흑마도사들에 의해 습격을 받았다는 말에 류지 후작과 오웬 백작은 깜짝 놀란 표정을 지었으나, 자하르의 실력을 생각해 보고는 이내 고개를 끄덕였다.

하지만 두 사람이 진짜로 놀란 대목은 바로 그 뒤에 이어진 이야기였다.

“프랑크 왕국은 미끼입니다.”

“미끼라니?”

“아이작은 이미 프랑크 왕국에 없습니다.”

“…뭐?”

류지 후작이 당황스러운 표정을 지었다.

류지 후작과 오웬 백작, 그리고 크란 제국군의 궁극적인 목표는 흑마법사들의 섬멸이었다.

그리고 그 흑마법사들의 머리에는 아이작이 있었다. 아니, 다른 흑마법사들 모두를 제거하더라도 아이작이 살아 있다면 아무런 소용이 없다고 할 수 있었다.

그런 만큼 류지 후작의 목표는 당연히 아이작을 쓰러뜨리는 것이었다.

그런데 프랑크 왕국에 아이작이 없다니?

"아이작은… 혼자 크란 제국으로 갔습니다."

*　　　*　　　*

크란 제국은 프랑크 왕국에 보낸 군사들을 제외하더라도 끄떡없을 만큼 충분히 강한 국가였다.

당장 수도에만 하더라도 어지간한 왕국쯤은 단숨에 쓸어 버릴 수 있을 만한 군대가 있을 정도. 그런 크란 제국의 뒤를 직접 노린다는 생각은 그 누구도 하지 못할 일이었다.

그것도 단 한 명이서 말이다.

"많기도 하군."

크란 제국의 수도의 관문으로 한 명의 괴상한 노인이 들어섰다.

거대한 외성을 앞에 두고 노인은 한참을 뒷짐을 지고 서 있었다.

후줄근한 검은색 로브와 어두운 분위기는 보고 있는 것만으로도 기분이 나쁜 노인이었다.

조금 특이하다면 특이한 그 모습 때문일까?

수도의 관문을 지키던 경비병 한 명이 노인에게 가까이 다가갔다.

"아까부터 무슨 일이시오?"

경비병의 물음에도 노인은 대답이 없었다.

계속해서 멀뚱히 서서 외성을 바라보고 있었다.

경비병은 자신의 질문에도 대답이 없는 노인을 바라보며 표정을 찡그렸다.

"이보시오. 무슨 일이냐고 묻질 않소."

다소 억양이 올라간 경비병의 물음에도 노인은 대답이 없었다.

힐끗 시선조차 주지 않는 노인의 모습에 기어코 경비병이 폭발했다.

"이보시오!"

턱—

경비병이 노인의 손목을 확 잡아 끌었다.

아니, 끌려고 했다.

이상하게도 툭 치면 부러질 것처럼 얇디얇은 노인의 손은 꿈쩍도 하지 않았다.

대신, 전혀 다른 결과가 나타났다.

"끄아아아아아악!"

치이이이이—

돌연 노인의 손을 잡은 경비병이 자신의 손을 부여잡으며 바닥에 쓰러졌다.

그의 손은 기이할 정도로 검게 썩어 들어가고 있었다. 심하게 많이 고통스러운지 경비병은 식은땀을 흘리며 자신의 손을 부여잡았다.

경비병의 비명 소리를 들은 다른 경비병들과 기사들이 이내 몰려들었다.

그들은 바닥을 뒹굴고 있는 경비병과 노인을 발견하고는 물었다.

"무슨 일이오?"

경비병의 손바닥을 확인한 기사가 노인에게 물었다.

근처에 있는 사람이라고는 노인뿐이었기에 묻는 것이었지, 기사는 설마하니 노인이 경비병을 이렇게 만든 범인일 것이라고는 생각하지 못했다.

그 정도로 노인은 겉으로 볼 때 아무것도 아닌, 평범하고 약한 노인일 뿐이었다.

"320만 2,337명. 개미처럼 많이도 몰려 사는군."

"…뭐요?"

잠시 중얼거린 노인이 자신을 둘러 싼 기사들과 경비병들을 슥 훑었다.

"20명."

츠스스스—

노인을 중심으로 주위에 검은 안개가 깔렸다.

기사들과 경비병들은 자신의 하반신을 집어삼킨 검은 안개를 보며 기겁성을 터뜨렸다.

"이, 이게 뭐지? 으아아악!"

기사들과 경비병들의 몸이 안개 속으로 빨려 들어갔다.

그 해괴한 현상을 일으킨 노인은 뒷짐을 진 채 잠시 그 모습을 지켜봤다.

기사들과 병사들이 입고 있던 갑옷들이 바닥에 널브러졌다. 그리고 이내, 검은 안개 속으로 사라졌던 경비병들이 모습을 드러냈다.

"이걸로 20명이 줄었군."

따각—

따다다다닥—

경비병들과 기사들이 서로 윗니와 아랫니를 부딪치며 노인의 앞으로 다가왔다.

두 눈이 검게 죽어 있는 그들의 모습은 살아 있는 사람의 모습이 아니었다.

데스 나이트.

언데드 몬스터 중 최상위에 속해 있는 마물.

노인은 너무나도 간단히 최상급 언데드를 무려 20구나 만들어 낸 것이다.

"자, 가자꾸나."

저벅—

그렇게 20구의 데스 나이트들과 함께 노인이 크란 제국으로 들어섰다.

CHAPTER 07
대륙 연합

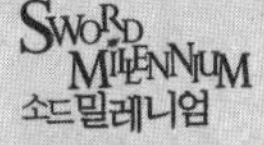

류지 후작과 오웬 백작은 서로 군대를 반으로 갈라 각각 크란 제국과 프랑크 왕국으로 향했다.

류지 후작은 크란 제국으로, 오웬 백작은 프랑크 왕국으로. 그중 자하르는 류지 후작을 따라 크란 제국으로 돌아오는 것을 택했다.

아이작을 막기 위해서는 자하르가 필요했다.

류지 후작이 아무리 강하다고 해도 아이작은 류지 후작과는 차원이 다른 강함을 가지고 있었다.

크란 제국으로의 회군은 다른 지휘관들의 큰 불만은 가져왔다.

하지만 그런 지휘관들의 불만은 아이작이라는 이름 하나
에 한 번에 정리되었다.

아이작이 크란 제국으로 가고있다.

기록상의 아이작은 단신으로 대륙과 전쟁을 벌인 인물이
었다. 그런 아이작이 크란 제국으로 간다면 그것보다 큰일은
없었다.

다시금 돌아온 크란 제국의 수도 인근의 하늘은 금방이라
도 장마가 내릴 것처럼 우중충했다.

자하르는 멀리 크란 제국의 수도를 보며 딱딱한 얼굴로 말
했다.

"늦은 것 같습니다."

자하르의 옆으로 말을 타고 오던 류지 후작이 물었다.

"무엇이 말이냐?"

"잘 설명은 할 수 없지만……."

자하르는 하늘을 바라봤다.

당장에라도 비가 쏟아져 내릴 것만 같은 하늘. 아니, 장마
철의 하늘보다도 훨씬 어두운 하늘이었다.

이렇게 검은 하늘을 딱 한 번 본 적이 있었다.

바로 아이작과 담판을 지었던, 카르안이 아이작과 함께 죽
은 그날이었다.

흑마나가 진득한 도시의 하늘은 그 영향을 받아 검게 변한
다.

상식적으로 있을 수 없는 일이었다. 아무리 흑마나가 검은
색을 띠고 있다지만, 하늘까지 검게 변질시키다니.

하지만 아이작이라면 가능했다.

그가 만든 백만의 언데드 군단은 그런 일을 가능하게 만들
었다.

'설마……'

자하르는 불안한 마음을 억누르며 계속해서 말을 몰았다.

세 시간 정도가 지나, 자하르와 류지 후작의 군대가 크란
제국의 수도 외곽에 당도했다.

류지 후작은 이상하리만치 조용한 수도의 외곽에 불길한
기분이 들었다.

"무슨 일이 있었던 거지?"

중얼거림에 가까운 류지 후작의 물음에 자하르가 허탈하
게 답했다.

"언데드 군단."

"뭐?"

"후작님, 수도는 포기합시다."

선뜻 답하기 힘든 자하르의 요청에 류지 후작이 물었다.

"그게 무슨 소리냐?"

"수도는 끝났어요. 포기해야 합니다."

"이해하기 힘들구나. 안 될 말이다."

자하르는 입을 달싹거리며 류지 후작을 설득할 말을 생각했다.

하지만 아무리 생각해도 류지 후작을 설득할 마땅한 말이 생각나지 않았다.

류지 후작을 설득하기 위해서는 자신이 카르안이었다는 사실을 밝혀야 할 것이다. 하지만 자하르는 그럴 생각이 없었다.

무려 제국의 수도를 포기하는 일이었다. 어지간한 말로는 류지 후작을 설득할 수 없으리라.

차라리 이참에 아이작의 힘에 대해 확실히 알아두는 것도 하나의 선택이었다.

"…아닙니다."

"네가 그러지 않아도 조심해야 한다는 것은 알고 있다. 아이작이 얼마나 위험한 인물인지는 나 역시 어릴 적부터 숱하게 들어왔으니. 으랴!"

류지 후작이 말을 몰며 수도로 들어섰다.

외성을 관리하는 경비병들은 어디로 갔는지 모습이 보이지 않았다.

류지 후작은 불안한 마음을 억누르며 활짝 열려 있는 외성으로 들어섰다.

수도로 들어선 류지 후작과 그 뒤의 지휘관들, 그리고 병사들은 수도의 모습을 보며 입을 벌렸다.

"이게 대체……."

류지 후작이 고개를 돌리며 사방을 훑었다.

아무도 없었다. 항상 잡상인들과 외부에서 온 상단의 마차, 그리고 많은 백성들로 북적이던 거리가 텅 비어 있었다.

유령의 도시라도 들어선 기분이었다. 어처구니없는 상황에 류지 후작이 중얼거렸다.

"대체 그 많던 사람이 다 어디로 간 것이지?"

"…곧 볼 수 있을 겁니다."

"뭐?"

자하르의 대답에 류지 후작이 되물었다.

하지만 굳이 대답을 듣지 않아도 류지 후작은 자하르의 말뜻을 알 수 있었다.

류지 후작 바로 옆, 그리고 사방 이곳저곳에서 그 증거물들이 나타나기 시작한 것이다.

드드드드드—

까드드드드득—!

바닥을 뚫고 하얀 손이 튀어나왔다.

뼈밖에 없는 손이었다. 손을 시작으로 천천히 드러낸 그 모습은 군데군데 살점을 붙이고 있는 흉측한 해골들이었다.

"…스켈레톤?"

류지 후작은 이야기 속에서나 들었던 언데드 몬스터를 보자 당황한 표정을 지었다.

눈앞에 보이는 스켈레톤들의 수만 하더라도 족히 천 구는 넘어 보였다.

만약 이 거리뿐만 아니라 다른 거리들 역시 마찬가지의 상황이라면?

수만, 수십만의 스켈레톤들이 있을지도 모르는 일이었다.

"어쩌면, 수도의 사람들 모두가……?"

"제 생각엔 어쩌면이 아니라 분명 그런 것 같습니다."

자하르의 대구에 류지 후작은 부정할 수 없었다.

이런 상황에서 만약 수도의 방위군이 남아 있었다면 처음에 수도가 그렇게 조용했을 리 없었다.

—끼기기기긱.

스켈레톤이 천천히 류지 후작과 자하르, 그리고 병사들의 주위를 둘러싸기 시작했다.

정신력이 부족한 병사들은 스켈레톤들의 흉측한 몰골에 지레 겁을 집어먹었다.

"어쩌시겠습니까?"

자하르가 류지 후작을 보며 물었다.

멍하니 스켈레톤들 너머 먼 곳을 바라보던 류지 후작이 중얼거렸다.

"…폐하께서는 무사하실지."

"후작님!"

자하르가 류지 후작의 선택을 재촉했다.

스릉―

류지 후작이 검을 뽑았다.

가볍게 검이 뽑혀지는 소리는 작지만 뒤쪽의 병사들 모두가 들을 수 있었다.

"부관!"

"예!"

"수도를 빠져나가, 가장 가까운 영지가 어디인가?"

"아네모 후작령입니다. 지금까지의 진군 속도로 보아 사흘 정도 이동해야 할 겁니다."

"사흘이라."

우우우우웅―!

서걱―!

류지 후작의 검이 움직였다.

가볍게 휘두른 검이 전방의 스켈레톤들의 몸을 순식간에 두 동강냈다.

족히 수십 구의 스켈레톤들이 일제히 쓰러지는 그 모습은 그야말로 장관이었다.

"지금 당장 전군 아네모 후작령으로 이동한다! 수도는 포기한다!"

오러를 담은 류지 후작의 외침이 병사들의 가슴을 파고들었다.

공포에 떨고 있던 병사들의 몸이 진정되었다. 류지 후작의 의도대로였다.

자하르는 류지 후작의 결단에 고개를 끄덕이며 자신 역시 검을 빼어 들었다.

―키릭, 끼리리리리릭.

류지 후작에 의해 쓰러졌던 스켈레톤들이 하나둘 일어났다.

베어졌던 뼈들이 다시금 엉키며 일어나는 모습을 보며 병사들이 기겁했다.

"히익!"

"다, 다시 살아난다!"

우우우웅―

콰아아아아아―!

그때, 자하르의 오러가 스켈레톤들을 덮쳤다.

푸른 오러의 해일에 덮쳐진 스켈레톤들은 온몸이 산산이

부서졌다.

자하르의 일격이었다.

순식간에 백 구에 가까운 스켈레톤들의 잔해가 바닥을 뒹굴었다.

병사들은 자하르의 일격에 벙찐 표정을 지었다.

"이놈들은 일반적인 검으로는 베어도 다시 살아납니다. 완전히 제압하기 위해서는 검에 마나를 담을 수 있는 기사가 있어야 합니다."

"골치 아프군."

"대신 움직임은 굼뜨니, 비교적 상대하기는 쉬울 겁니다."

"알겠다."

류지 후작은 자하르의 말에 한숨을 푹 내쉬며 검에 오러를 주입시키기 시작했다.

다시금 류지 후작의 검이 쏘아졌다. 방금 전의 검풍과는 달리, 오러가 깃든 일격이었다.

스켈레톤들이 반으로 갈라지며 바닥에 쓰러졌다. 이번에는 아까와는 달리 다시 일어나지 않았다.

"끄아아악!"

한쪽에서 터져 나온 비명 소리에 자하르가 고개를 돌렸다.

그곳에는 사람의 모습을 한 누군가가 병사들 사이에서 무작위로 검을 휘두르고 있었다.

"저건?"

"데스 나이트……."

자하르는 침음성을 삼키며 몸을 날렸다.

순식간에 이동한 자하르가 병사들 사이에서 난동을 부리는 데스 나이트를 향해 검을 휘둘렀다.

서격—

부드러운 소리와 함께 데스 나이트의 몸이 깨끗하게 양단되었다.

자하르의 검에는 어느새 선명한 오러가 맺혀 있었다. 오러가 깃들어 있지 않은 검으로 데스 나이트를 베기란 불가능에 가깝기 때문이었다.

"사람의 모습을 한 적을 경계해라! 엑시드급 기사들 스물이 한 조를 이뤄 합공해라!"

자하르의 외침에 잠시 동요하던 기사들이 하나둘 조를 이루었다.

데스 나이트의 심상치 않은 힘을 느낀 류지 후작이 중얼거리듯 말했다.

"그 녀석은 대체 뭐지?"

"데스 나이트, 스켈레톤보다 훨씬 상위의 언데드입니다. 오러에도 잘 베이지 않고, 베여도 빠르게 재생하는 녀석인데다가 무척 빠르고 힘도 강합니다. 아마 마스터가 아닌 이상

일대일로 상대할 수 없을 겁니다.”

데스 나이트는 리치와 함께 아이작이 부리던 최상위급 언데드였다.

어지간한 마스터 한 명과 맞먹는 힘을 가진 언데드.

아이작은 이 데스 나이트를 한 번에 수십 구씩 불러 일으킬 수 있었다.

카르안 시절에서도 언데드 군단 중 가장 골치가 아팠던 구체였다.

백 구에 가까운 데스 나이트와 리치의 합공은 카르안도 애를 먹었을 정도였다.

“그런 사실을 잘도 알고 있군.”

“책에서 읽었습니다.”

자하르는 류지 후작의 의심의 눈길을 대충 얼버무리고는 다시 몸을 움직이기 시작했다.

자하르가 노리는 상대는 데스 나이트였다.

어차피 스켈레톤 정도는 일반 병사들이나 기사들도 상대할 수 있었다.

마나가 깃들지 않은 검이라도 계속해서 죽이다 보면 결국 흑마나를 다 소진하고 부활하지 못하니 말이다.

하지만 데스 나이트는 아니었다.

데스 나이트는 아무리 엑시드급의 기사들이라 하더라도

상대하기가 힘들었다.

자하르가 20명씩 조를 나눠 데스 나이트를 상대하라고 한 것은 단순히 버티라는 것이지, 쓰러뜨리라는 뜻이 아니었다.

'대략 열 구.'

대충 알아본 결과, 근처에 있는 데스 나이트는 총 열 구였다.

말이 열 구지 어지간한 영지는 단숨에 쓸어버릴 수 있는 전력이었다.

슈슈슈슈슉—!

푸욱—!

자하르는 막 기사를 향해 검을 휘두르려던 데스 나이트의 등을 찔렀다.

스켈레톤과는 달리 데스 나이트는 지성을 가지고 있고, 미약하지만 고통을 느낄 수 있었다.

더군다나 신경 역시 가지고 있어 자하르가 등을 찌르자 하려던 행동을 멈추었다.

하지만 질긴 생명력 덕분인지 재빨리 몸을 돌려 자하르를 공격하려고 했다.

키아아아아악—!

"입 냄새 난다. 입 닫아!"

뻐억—!

자하르는 주먹에 오러를 실어 데스 나이트의 머리를 후려쳤다.

데스 나이트의 머리가 터져 나가며 살점이 사방으로 튀었다.

직후 휘리릭 몸을 돌린 자하르가 그대로 검을 내질렀다.

서걱—!

등을 찔러오던 데스 나이트의 검이 목과 함께 바닥으로 떨어졌다.

힐끔 눈을 돌려 주위를 살핀 자하르는 빠르게 주위를 움직이며 데스 나이트를 처리하는 류지 후작을 발견했다.

'남은 데스 나이트는 다섯.'

자하르가 셋, 류지 후작이 둘.

자하르는 이참에 데스 나이트의 수를 줄여놓을 필요성을 느꼈다.

아무리 아이작이라 하더라도 데스 나이트를 무한정으로 만들 수는 없었다.

데스 나이트는 스켈레톤과는 달리, 만드는 데 상당한 양의 흑마나가 필요하기 때문이었다.

하지만 그렇다 하더라도 아이작이 부릴 수 있는 데스 나이트가 얼마나 되는지는 정확히 알 수 없었다. 스켈레톤이나 다른 언데드에 비해 그 수가 적을 뿐, 아이작이 부리는 데스 나이트는 충분히 많았다.

다만, 자하르는 그 수가 천을 넘지는 않을 것이라 생각했다. 전생을 되짚어 보더라도 한 장소에서 수백 구 이상의 데스 나이트가 등장한 사례는 없었기 때문이다.

물론, 그 정도만 하더라도 어지간한 왕국 하나쯤은 쓸어버릴 수 있는 어마어마한 전력이지만 말이다.

'한 번에 정리한다.'

자하르는 분주히 움직이던 발을 지면에 붙였다.

그러자 의아함을 느낀 류지 후작이 그 옆으로 다가왔다.

"무슨 일인가?"

자하르는 대답 대신 눈을 감았다.

그러자 기이한 기류가 자하르의 주위를 감쌌다. 아니, 기류라기보다는 분위기였다.

류지 후작은 긴장한 상태로 그런 자하르를 바라봤다.

잠시 후, 자하르가 눈을 뜨는 것과 동시에 검을 크게 휘둘렀다.

후웅—

아무것도 없는 빈 허공에 휘두른 검.

류지 후작이 의아함을 느낀 바로 그 순간이었다.

쩌저저저적—

—키에에에엑!

사방 이곳저곳에서 들린 기이한 비명 소리.

류지 후작의 시선이 소리가 들린 곳을 훑었다.

"이, 이건……."

눈을 휘둥그레 뜨며 류지 후작이 놀란 표정을 지었다.

도저히 믿기지 않는 일이 일어났다. 정확하게 데스 나이트가 있는 공간들이 갈라지며, 그들의 몸이 깨끗하게 양단된 것이다.

단 일격에 이 난리 속에 서로 떨어져 있는 데스 나이트들을 베어냈다.

그것은 단순히 일 검에 수십, 수백을 베어내는 것보다 훨씬 어려운 일이었다.

그것을 뜻하는 것은 자하르의 검이 이미 공간의 제약을 벗어났다는 것이었다.

데스 나이트를 모두 정리한 자하르는 검을 검집에 바로 꽂으며 말했다.

"돌아가죠."

*　　　*　　　*

크란 제국 수도의 함락.

소식은 곧장 대륙 전역으로 빠르게 퍼졌다. 수도에서 가까

스로 빠져나온 사람들과, 류지 후작과 함께 수도의 참사를 목
격한 병사들에 의해서였다.

황제의 생사는 불명이었다. 하지만 한 달이라는 시간이 흐
르는 동안에도 나타나지 않은 것을 보면, 살아 있다는 희망을
품기에는 무리가 있었다.

얼마 후, 프랑크 왕국을 공격하러 떠난 오웬 백작과 그 군
대가 돌아왔다.

하지만 승전을 가지고 온 군대가 아니었다. 다 헤지고 녹슬
어진 갑옷을 입은 오웬 백작의 모습에 류지 후작은 황당하다
는 식의 물음을 던졌다.

"…이게 어떻게 된 것이냐?"

류지 후작의 추궁에 오웬 백작이 고개를 푹 숙였다.

"드릴 말씀이 없습니다."

대패.

오웬 백작과 그 군대는 십분지 일 정도의 생존자만을 남긴
채 크란 제국으로 귀환했다.

그것도 처음 떠난 수도도 아닌, 가까운 아네모 후작령으로
의 귀환이었다.

크란 제국의 군대는 강했다.

함께 간 지휘관 중에는 류지 후작에게는 한참 미치지 못하
더라도 마스터에 오른 검사들도 여럿 있었다.

설령 프랑크 왕국에 흑마도사가 있더라도 충분히 상대할 수 있는 전력. 또한, 오웬 백작은 세인트급 마스터를 거의 목전에 둔 검사였다.

"프랑크 왕국, 아니… 흑마법사들을 너무 얕잡아 봤습니다."

"얕잡아 봤다?"

"네. 거기다가 프랑크 왕국의 수도에서 바알과 로크, 그 두 사람을 만났습니다."

바알과 로크의 이름이 거론되자 류지 후작은 달리 할 말이 없었다.

그 두 사람은 그야말로 초월적인 존재였다.

류지 후작 정도 수준의 검사가 아니고서야 제대로 상대할 사람이 없었다.

오웬 백작을 비롯해 함께 간 마스터 전부가 덤비더라도 승리를 장담할 수 없는 상대. 그것이 바로 바알이라는 검사였다.

거기다가 바알보다 한층 강한 힘을 가지고 있는 로크, 그리고 흑마법사들까지.

크란 제국군의 패배는 어찌 보면 당연한 일이었다.

"그 두 사람을 고려하지 못한 내 실책이다."

"아닙니다. 생각 이상으로 그 둘이 강했을 뿐입니다. 설마

하니 개인 두 사람이 전쟁에 있어서 그 정도의 영향력을 미칠
줄은……."

오웬 백작은 이미 바알과 로크의 존재 역시 어느 정도 고려
한 상태였다.

은연중 아무리 강하다고 해도 고작 두 사람으로 크란 제국
군을 막을 수 있겠나 하는 안일한 생각을 가지고 있었다.

하지만 결국 그 생각이 이번 전쟁의 결과를 바꾸어놓았다.
만약 류지 후작이나 자하르, 둘 중 한 사람이라도 오웬 백작
과 함께했다면 결과는 달라졌을지도 몰랐다.

"이제 어떻게 할 것이냐?"

류지 후작이 오웬 백작에게 자문을 구했다.

정치적인 수완이나 머리에 있어서는 류지 후작보다는 오
웬 백작이 더 나은 면이 있었다.

검도 검이지만, 오웬 백작은 병법이나 정치에도 일가견이
있었다.

"각개격파. 대륙통일. 방법은 그 둘뿐입니다."

"설명해 보거라."

"대륙통일은 말 그대로 제국과 다른 왕국들의 힘을 합치는
것입니다. 흑마법사들이 등장했을 때마다 이루어진 일이죠."

"각개격파라 하면?"

"현재 흑마법사들의 주요 세력은 크란 제국과 프랑크 왕

국, 두 거점으로 나뉘어져 있습니다. 그중 크란 제국은 아이
작 한 사람으로 이루어진 거대한 언데드 군단이 있지요.”

“그 두 무리를 따로따로 공격한다?”

“그렇습니다. 현재로서는 이 큰 틀을 이루어 내는 것이 최
우선입니다.”

오웬 백작의 말에 류지 후작은 크게 고개를 끄덕였다.

아이작과 흑마법사들을 상대하기 위해 대륙이 힘을 합치
는 것은 당연한 일이었다.

아니, 어쩌면 대륙이 힘을 모은다 하더라도 이길 수 없을지
도 모르는 일이었다.

게다가 무슨 생각인지 아이작은 크란 제국에 따로 자신만
의 거점을 만들어 둔 상태였다.

단순하게 보자면 수를 헤아릴 수 없는 거대한 언데드 군단
의 소굴이지만, 그 내면을 살펴보자면 아이작 혼자 크란 제국
의 수도에 틀어박혀 있는 셈이었다.

언데드 군단 자체가 아이작 개인이 만들어 낸 결과물이었
으니 말이다.

“아이작인가, 프랑크 왕국인가.”

“약한 쪽부터 공략하는 것이 수순입니다.”

“그렇다면 역시… 아이작인가?”

류지 후작의 결정에 옆으로 따라온 자하르가 말을 정정

했다.

"프랑크 왕국입니다."

"무슨 소리냐?"

류지 후작이 의아한 표정을 지었다.

류지 후작은 바알과 로크, 그리고 무수히 많은 흑마법사들
이 있는 프랑크 왕국이 아이작 개인보다는 상대하기가 어려
울 것이라 생각했다.

그것은 당연한 생각이었다. 아무리 강하다 해도 한낱 개인
이 하나의 국가, 그것도 대륙 제일검이었던 두 사람이 속해
있는 거대한 흑마법사들의 왕국보다 위에 있을 수 있단 말인
가.

하지만 그 너무나 당연한 생각이 바로 오류였다.

아이작에 대해 가장 잘 알고 있는 사람은 바로 자하르였다.
전생에 카르안으로서 아이작을 직접 경험했기 때문이다.

"아이작의 가장 무서운 저력이 무엇인지 아십니까?"

자하르가 되물었다.

그 물음에 류지 후작이 잠시 고민하더니 답했다.

"언데드 군단."

"맞습니다. 그리고 천 년 전, 아이작이 부리던 언데드 군단
의 수가 몇인지 아십니까?"

"…백만."

두 사람의 대화를 듣고 있던 오웬 백작이 미간을 찌푸렸다.

그도 그럴 것이 과거의 역사는 역사일 뿐, 그것이 사실이라는 보장은 그 어디에도 없었다. 오웬 백작은 물론이고 수많은 대다수의 사람들이 아이작에 관한 역사가 부풀려져 있을 것이라 생각하고 있었다.

단순히 기록뿐일 뿐, 그것을 정말 믿느냐는 표정이었다.

오웬 백작은 아무리 아이작이라 하더라도 조종할 수 있는 언데드 군단은 작게는 몇 만, 많아 봐야 십 만 정도라고 생각했다.

물론, 역사에 기록된 아이작에 대한 기록은 어떠한 거짓도 없었다.

개인으로 시작해 대륙의 반을 집어삼킨 것도.

백만의 언데드 군단을 부린 것도.

모두가 진실이었다.

자하르와 류지 후작의 대화 사이로 오웬 백작이 끼어들었다.

"카르안이 아이작과 동수를 이루었다고 하지만 그것은 어디까지나 언데드 군단을 배제한 상황입니다. 기록상에는 카르안이 아이작과 일대일 구도를 만들기 위해 대륙이 힘을 합친 백만 대륙군이 카르안을 도왔다고 되어 있습니다."

"나도 안다. 역사에 대해 조금만 공부한 사람이라면 누구나 아는 사실이니. 하지만 그것을 곧이곧대로 믿을 수는 없는 노릇이다."

아이작에 대한 기록에 오웬 백작은 뿌리 깊은 불신을 가지고 있었다.

설마 그 정도로 대단할까, 하는 생각.

아니, 그보다는 바알과 로크를 경험한 후라 상대적으로 아이작이 쉬울 것이라 생각하는 것이었다.

"프랑크 왕국을 먼저 공격한다."

"아버지!"

류지 후작의 결정 번복에 오웬 백작이 소리쳤다.

하지만 그런 그의 불만은 류지 후작이 손을 들어 올리는 것으로 묵살되었다.

"나 역시 생각이 안일했다. 수도의 모습을 눈으로 보고도 아이작을 이렇게 무시하다니 말이야."

"그게 대체……?"

"그 자리에 있던 나나 자하르라면 알게다. 아이작이 부리는 언데드 중에는, 마스터와 맞먹는 수준의 언데드 몬스터가 있었다. 당장 그 자리에 있던 녀석만 하더라도 도합 열이었다."

류지 후작의 설명에 오웬 백작이 벙찐 표정을 지었다.

"마스터급 언데드가… 열?"

"그밖에 수천의 스켈레톤은 한 번 베어내도 마나를 사용하지 않는 이상 계속해서 다시 살아난다. 이래도 아이작의 언데드 군단이 프랑크 왕국보다 약하다고 할 수 있겠느냐?"

류지 후작은 그밖에도 자신이 두 눈으로 직접 목격한 아이작의 언데드 군단에 대해 설명했다.

그것은 무척 단편적인 부분이었다. 하지만 그것만으로도 아이작의 언데드 군단이 어느 정도의 힘을 가지고 있는지 유추하기에 충분했다.

"…알겠습니다."

"좋아. 지금 이 순간부터, 최대한 빠른 시일 내에 대륙 전역에 알려라."

몸을 휙 돌리며 류지 후작이 말을 이었다.

"대륙 연합이다."

＊　　＊　　＊

오웬 백작은 프랑크 왕국을 제외한 모든 왕국의 왕실에 각각 서신을 한 장씩 작성하여 보냈다.

당연히 그 속에는 류지 후작의 인장이 찍혀 있었다. 대륙에 있어서 류지 후작의 입지는 단순한 제국의 후작, 그 이상이었다.

대륙 제일검의 인장이 찍혀진 서신.

왕국 곳곳으로 퍼져 나간 그 서신의 파급력은 그야말로 순식간에 확대되었다.

"이 서신을 믿어도 되겠는가?"

필리스 왕국의 대전 회의에 한 가지 주제가 대두되었다.

바로 류지 후작의 인장이 찍힌, 크란 제국을 대표하는 서신이었다.

서신 속에는 프랑크 왕국이 흑마법사들의 손에 넘어갔다는 것과, 그들이 전대 대륙 제일검인 바알과 로크를 되살렸다는 것, 그리고 천 년 전 대흑마법사인 아이작이 되살아난 것까지.

지금까지 벌어진 모든 일들이 상세하게 적혀져 있었다.

"흑마법사들을 상대하기 위해 화합과 동맹을 청하며, 그를 위해 대표 인사를 보내주기 바람. 이게 바로 류지 후작을 비롯한 크란 제국의 뜻입니다."

"흑마법사들과 전대의 대륙 제일검, 그리고 아이작이라. 허… 이걸 믿어야 할지……."

필리스 국왕은 서신 속에 담긴 이야기들을 곧이곧대로 믿을 수 없었다.

프랑크 왕국과 마이드 왕국간의 전쟁을 제외한다면 지금껏 대륙은 이례가 없을 정도로 평온했기 때문이다.

게다가 죽은 사람이 다시 살아난다는 사실도 필리스 국왕의 입장에서는 믿기가 힘들었다.

"소신은 서신의 내용이 사실일 것이라 생각합니다."

그때, 한 중년의 귀족이 앞으로 나섰다.

나이가 조금 들어 보이는 외모와는 다르게 건장한 체격을 가진 그는 바로 필리스 왕국의 검가인 카빌리언 공작가의 가주였다.

어느 왕국과 마찬가지로 현 시대에서 검가의 입지는 절대적이었다.

당연 필리스 국왕 역시 카빌리언 공작의 말에 귀를 기울일 수밖에 없었다.

"이유가 무엇인가?"

"달리 이유는 없습니다. 단지, 십 년 전쯤에 한 번 류지 후작님을 만나 뵌 적이 있습니다."

"만나 본 적이 있었다?"

"예. 검에 대한 열망이 대단하신 분이였습니다. 지금의 제가 있었던 것 역시 그분 덕분이라 생각합니다. 무엇보다, 정치적인 일로 거짓말을 하면서까지 자신의 이름을 이렇게 함부로 대할 분이 아닙니다."

류지 후작을 직접 만나 보았다는 말에 카빌리언 공작의 말에 한층 무게가 실렸다.

무엇보다 검가의 가주인 그의 말에는 그 어느 누구보다 강한 힘이 있었다. 카빌리어 공작의 말에 필리스 국왕이 고개를 끄덕였다.

"하면, 대표 인사로는 누구를 보내면 되겠는가?"

필리스 국왕의 물음에 한 치 지체도 없이 카빌리어 공작이 입을 열었다.

"제가 가겠습니다."

CHAPTER 08
데스 나이트

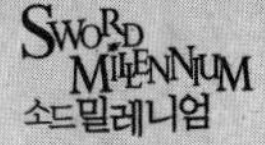

  류지 후작과 오웬 백작, 자하르는 크란 제국과 타 왕국간의 국경과 가장 인접해 있는 엔투스 자작령으로 이동했다.

  그동안 아이작의 언데드 군단은 점차 세를 넓혀 수도 인근인 아네모 후작령까지 점령했다.

  크란 제국군만으로 언데드 군단을 상대하기란 불가능했다. 프랑크 왕국을 공격하기 위해 파견된 크란 제국군 중 살아남은 병력은 채 십만 정도밖에 되지 않았다.

  석 달 후, 엔투스 자작령으로 각국의 대표 인사가 파견되었다.

아이러니하게도 파견된 각 왕국의 대표는 하나같이 검가의 인물들이었다.

직접 검가의 가주가 찾아온 이도 있었고, 직계 후손이 찾아오기도 했다.

그렇게 총 네 명의 왕국의 대표가 류지 후작을 찾아왔다.

"오랜만입니다, 류지 후작님. 필리스 왕국의 카빌리어 공작이라고 합니다."

"저는 리오레 왕국의……."

자리에 모인 사람들이 각자 일어나 한 사람씩 자신을 소개했다.

그중에는 카빌리어 공작처럼 류지 후작과 어느 정도 안면이 있는 사람이 있는가 하면, 막연한 동경을 가지고 있는 사람도 있었다.

공통점은 그들 모두가 류지 후작에게 호감을 가지고 있고, 검가라는 하나의 틀 안에 묶여 있다는 점이었다.

원탁으로 만들어진 자리에 모인 사람은 총 여덟 명이었다.

자하르와 류지 후작, 오웬 백작, 그란데 백작을 비롯한 검가의 인물들.

하나같이 검가를 이끌어가는 현 시대의 주역들이었다.

"그런데 저 아이는 누굽니까?"

소개를 마친 카빌리어 공작이 자하르를 가리키며 물었다.

이제 갓 스물 중반으로 들어서는 자하르는 아무리 보아도 이런 중대한 자리에 나올 만한 사람이 아니었다.

그들의 눈에 비친 자하르는 이제 막 세상을 알기 시작한 풋내기일 뿐이었으니 말이다.

카빌리어 공작의 물음에 답한 사람은 막 소개를 마친 그란데 백작이었다.

"내 아들 녀석이오."

"그란데 백작님의 아드님이라면……?"

카빌리어 공작이 눈을 번쩍 뜨며 자하르를 바라봤다.

그란데 백작가의 소영주는 모르는 사람이 없을 정도로 유명했다.

이미 십대 후반에 마스터에 올라, 차기 대륙 제일검이 될 것이라 강하게 지목받는 인재였으니 말이다.

더군다나 결승에서 보여준 차가운 손속은 그러한 소문에 기름을 부었다.

십대 후반의 젊은 마스터!

자하르는 카빌리어 공작뿐만 아니라 검사라면 어느 누구라도 꼭 한 번 만나보고 싶은 인재였다.

"이거, 예상 못한 곳에서 반가운 얼굴을 보는군. 내 꼭 한 번 자네를 만나보고 싶었네."

카빌리어 공작이 허허로운 웃음을 지으며 자하르에게 다가갔다.

자하르는 그런 카빌리어 공작의 행동에 마주 웃어 보이며 악수를 청했다.

"반갑습니다. 그런데 자하르라고 합니다."

"카빌리어 공작이네."

카빌리어 공작의 손을 맞잡은 자하르가 주위를 돌아봤다.

"혹시 제가 이 자리에 있는 것에 이의가 있으신 분이 계십니까?"

가늘게 눈을 좁힌 자하르의 물음에 토를 다는 사람은 없었다.

이미 한참 어렸을 때부터 마스터에 올랐던 자하르였다. 게다가 차기 검가인 그란데 백작가를 이끌어갈 인물이기도 했다.

더군다나 자하르는 은연중 기세를 내뿜어 모두에게 자신의 존재를 각인시켰다.

앞으로 자하르가 어리다고 불만을 꺼내는 사람은 없을 것이었다.

"인사가 끝났으면 다들 자리에 앉지. 할 이야기가 많으니."

류지 후작의 권유에 자하르와 카빌리어 공작이 자리에 앉았다.

"모두를 이 자리에 모이게 한 이유는 아마 잘 아시리라 생각하오."

"서신은 전해 받았습니다만… 정말 사실입니까?"

카빌리어 공작의 물음에는 많은 함축적인 의미가 들어 있었다.

카빌리어 공작은 류지 후작을 전적으로 신뢰하고 있었다. 그것은 류지 후작이 거짓말이 하지 않았을 것이라는 믿음이었다.

하지만 류지 후작이 진실을 말하고 있는 것과 류지 후작이 잘못 알고 있는 것과는 별개의 문제였다.

카빌리어 공작은 혹시라도 단순한 흑마법사의 준동에 류지 후작이 과민 반응하는 것이 아닐까 생각했다.

"아이작과 두 명의 대륙 제일검을 말하는 것이오?"

"맞습니다. 사실 흑마법사의 준동에 있어서는 저희 역시 낌새를 느끼고 있었습니다. 하지만 과거 대륙 제일검 두 명과 아이작이 흑마법사들에게 있다는 소식은 영 금시초문인지라……."

"그중 바알을 내 직접 상대했소. 이것으로 대답이 되었소?"

"…바알?"

너무나도 친숙한 이름에 카빌리어 공작이 자리에서 벌떡 일어났다.

그를 제외한 다른 세 명의 검가의 인물 역시 상당히 놀란 눈치였다.

바알이라면 과거 흑마법사들로부터 대륙을 구한 영웅이자, 카르안 다음가는 실력자라고 기록되어 있는 전설상의 검사가 아니던가.

"그리고 여기 자하르가 로크를 만났소. 또한, 크란 제국의 수도를 점령한 이가 바로 아이작이오."

"크란 제국의 수도가… 고작 한 명에게 점령당했다는 말입니까?"

"그렇소. 이미 수를 헤아릴 수 없는 언데드들이 크란 제국에 들어서 있고, 세를 넓혀 주위의 영지들 역시 마찬가지의 상황에 놓여 있소."

"으으음……."

여기저기서 탄식이 터져 나왔다.

다른 것도 아니고, 직접 겪은 일이니 더 이상 의심할 여지가 없었다.

문제는 류지 후작의 말이 진실인가의 여부였는데, 자리에 모인 사람들 중 류지 후작의 말이 거짓이라 생각하는 사람은 한 사람도 없었다.

그 정도로 류지 후작에 대한 평판과 검사들의 존경심은 대단한 것이었다.

"다시 한 번 대륙이 힘을 합칠 때가 온 것 같소이다."

"우리 리오레 왕국 역시 동의하오."

"우리 팔콘 왕국도……."

카빌리어 공작의 필리스 왕국을 선두로 네 명의 왕국의 대표가 고개를 끄덕였다.

애초에 그들의 목적은 류지 후작을 만나 사건의 진상을 확인하고, 흑마법사의 토벌을 위해 크란 제국에 협력할지 말지를 결정하는 것이었다.

그 이후의 정치적인 문제는 검가의 사람들이 아닌, 또 다른 외교 인사들과 상의할 문제였다.

서신에 적힌 말들이 사실이라면 협력을 하지 않을 이유가 없었다

아니, 무엇보다도 협력을 해야만 하는 상황이었다.

그렇지 않고서는 아이작이 부활한 흑마법사들을 상대하기란 불가능한 일이니 말이다.

"자세한 계획은 여기 오웬 백작이 할 것이오."

류지 후작이 오웬 백작에게로 시선을 돌렸다.

그러자 고개를 한 번 끄덕인 오웬 백작이 류지 후작의 말을 받았다.

“큰 틀은 프랑크 왕국과 아이작의 각개격파입니다.”

드르륵—

오웬 백작이 원탁의 중앙에 크게 그려진 대륙의 지도를 펼쳤다.

지도에는 프랑크 왕국과 크란 제국, 이렇게 두 곳으로 거대한 동그라미가 그려져 있었다.

“우슨 프랑크 왕국에는 수많은 흑마법사들과 과거 대륙 제일검이었던 바알과 로크가 있습니다. 그리고 현재 아이작은 크란 제국의 수도에서부터 언데드 군단을 이끌고 서서히 세력을 넓히고 있습니다.”

“아이작이 단독으로 움직이고 있다는 말이오? 그렇다면 기회가 아니오?”

카빌리어 공작이 반색하며 소리쳤다.

다들 같은 의견인지 그런 카빌리어 공작의 의견에 고개를 끄덕였는데, 그에 반문을 제기한 사람은 바로 자하르였다.

“그렇게 쉽지 않을 겁니다.”

“그게 무슨 소린가?”

“아이작을 상대하기보다는, 프랑크 왕국에 있는 흑마법사들을 상대하는 편이 훨씬 수월할 것입니다. 물론 바알과 로크를 포함해서 말이죠.”

“이해하기 힘든 소리를 하는군. 아무리 아이작이 대단하다지만, 어떻게 단 한 사람이……."

"그만하게. 이미 이야기가 끝난 사안이니."

류지 후작의 중재에 카빌리어 공작이 화들짝 놀랐다.

"아니, 그럼?"

"프랑크 왕국을 먼저 공략할 것이오."

"대체 왜……?"

의문을 제기하려던 카빌리어 공작이 입을 다물었다.

그리고는 조심스럽게 질문을 던졌다.

"혹시… 이미 아이작도 만나 보셨습니까?"

"언데드 군단만 살짝 겪어 보았소."

그 대답으로 충분했다.

역사의 기록에 아이작의 가장 무서운 점이 바로 언데드 군단이었다.

류지 후작의 반응으로 보아 기록상의 백만 언데드 군단이 사실이었다는 뜻이었다.

"시일이 촉박하군요. 알겠습니다. 하면, 바알과 로크는 어떻게 할 것입니까?"

"바알은 내가 상대할 것이네. 그리고 로크는 여기 자하르가 맡기로 했네."

류지 후작이 자하르를 가리키며 말하자 모두의 시선이 그에게로 향했다.

"저 아이가 말입니까? 아무리 재능이 있다고 해도, 이제 고작 스물 중반의 녀석에게 어찌……?"

"실력과 나이는 상관이 없다는 것을 내게 알려준 녀석이지."

류지 후작의 대답에 카빌리어 공작을 비롯한 모두가 의아한 표정을 지었다.

대체 얼마나 강하기에 류지 후작이 이토록 후한 평을 한다는 말인가?

로크라면 단신으로 다 무너져 가는 왕국을 제국으로 만든 일화를 가진 인물이었다.

세간에는 로크의 실력을 바알보다 아래로 두고 있지만, 평범한 마스터와는 차원이 다른 실력을 가지고 있을 것은 불 보듯 뻔했다.

"한번 시험해 봐도 되겠습니까?"

그때, 한참 자하르를 노려보던 비교적 젊은 중년 검사가 자리를 박차고 일어났다.

그는 바로 기사의 왕국이라고 불리는 팔콘 왕국의 대표인 레어드 공작이었다.

검공이라고도 불리는, 한때 대륙 제일검이 될 재목이라고도 불리었던 사내였다.

테오르 대공, 그리고 류지 후작에게 가려져 있었지만 그는 세인트급 마스터를 바로 눈앞에 둔 뛰어난 검사였다.

"얼마든지요."

자하르가 천천히 자리에서 일어났다.

투기를 끌어 올리며 막 자리를 옮기려던 레어드 공작에게 자하르가 말했다.

"굳이 자리를 옮길 필요는 없습니다."

스윽—

레어드 공작의 목 아래로 자하르의 검이 다가왔다.

잠깐 반응할 새도 없이 들이닥친 검에 레어드 공작이 눈을 동그랗게 떴다.

카빌리어 공작을 비롯한 모두가 똑같은 표정이었다. 이 자리에서 자하르가 움직인다는 것을 눈치챈 사람은 류지 후작 정도였다.

"이, 이게 대체……."

"이 정도면 시험이 끝났다고 봐도 되겠습니까?"

여유로운 자하르의 목소리에 레어드 공작이 눈을 부릅떴다.

깡—!

손으로 오러를 일으켜 자하르의 검을 쳐낸 레어드 공작이 이를 악물며 말했다.

"아니, 아직 인정 못 하네."

레어드 공작은 이렇게 쉽게 인정할 수 없었다.

방금 전은 단지 자신이 잠시 방심한 것뿐이고, 제대로 붙으면 이길 수 있으리라 생각했다.

그리고 그 생각은 이 자리에 모인 타 왕국의 모든 사람들의 공통된 생각이었다.

아무리 보더라도 자하르는 아직 제대로 여물지 않은 풋내기일 뿐이니까.

재능에 따라 차이가 있겠지만, 결국 나이를 이기는 검사는 없었던 것이 바로 그 결정적인 이유였다.

"그럼 이렇게 하죠."

자하르가 슥 주위를 둘러봤다.

"일단 제 실력에 의심이 있으신 분들은 모두 일어나 주십시오."

자하르의 말이 떨어지기가 무섭게 레어드 공작을 포함해 총 네 명의 사람이 일어났다.

그들은 모두 타 왕국의 사람들이었다.

카빌리어 공작은 의구심이라기보다는 호기심이 들어 자리에서 일어났다.

얼마나 강하기에 류지 후작이 인정했을까 하는 호기심.

그 호기심이 바로 그들을 자리에서 일어나게 한 원동력이었다.

잠시 후, 그란데 백작을 비롯한 다른 사람들이 자리에서 일어날 기미가 보이지 않자 자하르가 고개를 끄덕이며 말을 이었다.

"저와 여러분의 승부는 간단합니다. 지금부터 제가 열을 셀 때까지 그대로 서 계시면 됩니다."

"그게 대체 무슨 소리……!"

쿠구구—

질문을 채 끝내기도 전에 카빌리어 공작의 무릎이 꺾였다.

카빌리어 공작뿐만이 아니었다. 그를 비롯한 다른 세 명의 사람들도 하나같이 몸을 휘청거렸다.

그중에는 채 하나를 세기도 전에 바닥에 쓰러진 이도 있었다.

로크의 기술을 응용한 자하르의 중력장이 펼쳐진 것이다.

로크만큼은 아니더라도 자하르의 중력장은 어마어마한 힘을 가지고 있었다.

전력을 이끌어낸 자하르의 중력장은 설사 마스터라 하더라도 꼼짝 못하게 할 정도였다.

"하나."

자하르가 수를 세기 시작했다.

쿵—!

"둘."

두 명의 사람이 쓰러지고, 카빌리어 공작과 레어드 공작 두 사람만이 버티고 서 있었다.

하지만 이제 고작 둘.

두 사람은 서 있는 것도 힘이 들어 보였다.

"셋."

"크윽."

셋을 셈과 동시에 카빌리어 공작이 무릎을 꿇었다.

이제 버티고 서 있는 사람은 레어드 공작 한 사람이었다. 그조차도 온 힘을 끌어 올려 간신히 버티고 서 있는 것이었다.

"그래도 역시 레어드 공작님이시네요. 검공이라는 이름이 괜히 붙은 것이 아닙니다."

"으득."

자하르의 작은 감탄에 레어드 공작이 이를 악물었다.

그는 이미 마음속에서 자하르를 인정한 후였다. 무슨 수를 쓴 것인지는 알 수 없지만 손 하나 까딱 않고 자신들을 굴복시킨 사람은 어찌 인정하지 않을 수 있을까.

하지만 한편으로는 오기가 올라왔다.

나이도 한참 어린 자하르에게 놀아나 이렇게 무너진다면 지금껏 검공이라 불리었던 레어드 공작의 이름이 울고 갈 일이었다.

어떻게든 자하르가 말했던 열을 꽉꽉 채울 셈이었다.

"넷."

일정한 주기를 가지고 하나씩 수가 늘어났다.

레어드 공작은 양손으로 무릎을 받치고, 이를 악문 채 쓰러지지 않기 위해 버텼다.

"…아홉."

"흐읍."

마지막 열을 세기 직전, 레어드 공작은 해냈다는 마음에 숨을 깊게 들이쉬었다.

그때.

쿠구구구구―!

"흐억!"

갑작스럽게 강해진 중력에 레어드 공작의 무릎이 꺾였다.

털썩―!

"열."

*　　　*　　　*

기세만으로 네 명의 검가의 검사들을 무릎 꿇린 자하르를 인정하지 않을 사람은 없었다.

화합 이후, 네 명의 검가의 마스터는 각자 왕국으로 돌아갔다.

그리고 얼마 지나지 않아 각자 왕국의 병사들을 프랑크 왕
국의 국경으로 배치시켰다.

"생각보다 대처가 빠르군."

그란데 백작이 소파에 몸을 묻으며 오래간만의 휴식을 만
끽했다.

그의 앞으로는 마찬가지로 휴식을 취하며 찻잔을 기울이
는 오웬 백작이 있었다.

이번 전쟁에서 그란데 백작은 류지 후작 다음가는 직책을
가지고 있었다.

이미 크란 제국은 절반 가까이 아이작의 손에 넘어간 상태
였다.

어쩌면 시일이 조금만 더 지체되었다면 크란 제국의 전체
가 아이작의 손에 떨어졌을지도 모르는 일이었다.

하지만 다행히도 네 왕국의 대처는 신속했다. 이제 약속한
시일, 닷새 후가 되면 일제히 프랑크 왕국을 공격할 일만 남
았다.

"곧 전쟁이군."

"아네."

"네 역할이 커."

황제가 죽고, 전쟁을 앞둔 지금 그란데 백작은 명실부실 크

란 제국의 이인자였다.

류지 후작이야 대륙 제일검으로의 위명이 있으니 당연한 것이고, 그란데 백작 역시도 검가를 이끌어가는 한 명의 가주였다.

더군다나 전쟁이 벌어지면 힘이 권력보다 우선이 되는 것이 당연했다.

그리고 그란데 백작가의 힘은 오랜 역사를 가진 검가답게 결코 약하지 않았다.

"내 역할이 뭐가 중요하겠나. 자하르 그 녀석이 중요한 것이겠지."

"그건……."

오웬 백작은 부인할 수 없었다.

이미 자하르의 실력은 대륙 제일검인 류지 후작과 어깨를 나란히 할 정도였다. 아니, 어쩌면 그보다 더 강할지도 몰랐다.

만약 자하르가 없었다면 이번 전쟁은 상당히 힘든 싸움이 될지도 몰랐다.

아이작은 논외로 치더라도, 바알과 로크를 감당할 사람이 없기 때문이었다.

"그나저나, 네 분위기가 달라진 거 아냐?"

분위기를 전환시킬 겸, 오웬 백작이 그간 궁금했던 것을 물었다.

그 물음에 그란데 백작이 근래에 보이지 않았던 미소를 지었다.

"눈썰미가 좋아졌군."

"진짜냐?"

찻잔을 덜컥 내려놓으며 오웬 백작이 물었다.

그러자 그란데 백작이 천천히 고개를 끄덕였다.

"허… 이거, 나란히 걷고 있다고 생각했는데 이미 한참 앞서가고 있었군."

세인트급 마스터.

유일하게 류지 후작만이 도달했다고 알려진 전설상의 경지에 그란데 백작 역시 한 발을 디딘 것이다.

"이번 전쟁, 반드시 이길 것이네."

CHAPTER 09
프랑크 왕국에서의 결전

약속된 닷새가 지났다.

크란 제국을 비롯한 필리스 왕국, 레오레 왕국, 페일 왕국, 팔콘 왕국의 군대가 움직였다.

도합 백만에 이르는 거대한 군대였다. 프랑크 왕국이 아무리 강한 왕국이고, 거짓된 마스터가 여럿 있다고 하나 버틸 재간이 없었다.

사방에서 나뉘어져 공격해 오는 물량 공세에 프랑크 왕국은 수도까지 열흘도 채 되지 않아 밀렸다.

수도를 코앞에 둔 채, 각 왕국의 대표들과 크란 제국의 인물들이 막사 안에서 만났다.

"예상대로 수도까지는 쉽게 왔소."

오웬 백작이 모두를 대표해 거대한 탁자 위에 프랑크 왕국의 수도 지도를 펼쳤다.

지금까지는 사실상 전쟁도 아니었다.

연합군은 수도까지 밀고 들어오면서 단 한 차례도 흑마법사들을 만나지 않았다. 그토록 경계했던 거짓된 마스터들도 도합 다섯 정도밖에 없었다.

흑마법사들이 다시금 깊이 숨어든 것이 아니라면 프랑크 왕국의 수도에 모두 집결해 있을 가능성이 농후했다.

주의에 주의를 기울이기 위해 오웬 백작은 최종 작전을 통해 확실하게 전쟁을 마무리 짓고자 했다.

"이쪽 외성으로 치고 들어가는 것은 득보다는 실이 많습니다. 지금까지의 수도 방비를 보면 이쪽 후방으로 치고 들어가는 편이 상대적으로 손실을 줄일 수 있습니다."

에드윌 후작이 수도의 후방을 손가락으로 짚었다.

이 자리에서 프랑크 왕국에 대해 가장 잘 알고 있는 사람이 바로 그였다.

에드윌 후작은 과거 프랑크 왕국의 귀족이었다.

더불어 일곱 검가 중 하나였던 에드윌 후작가의 후손이기도 했다.

　지금은 비록 크란 제국으로 넘어온 신세이지만, 이번 전쟁에서 공을 쌓아 정식으로 크란 제국에서 작위를 얻는 것도 가능했다.

“에드윌 후작의 의견에 반대하는 사람이 있소?”

오웬 백작이 물었다.

반대하는 사람이 있을 리 만무했다. 프랑크 왕국의 수도에 대해 가장 잘 아는 사람이 바로 에드윌 후작이었다.

의견이 하나로 모여지자 그 다음 순서는 선두에 서게 될 병력의 문제였다.

“본인과 자하르가 선두에 서겠소.”

류지 후작이 입을 열었다.

그의 옆에 앉아 있던 자하르가 고개를 끄덕였다.

애초에 그렇게 되도록 입이 맞추어져 있었다. 바알과 로크를 상대할 사람은 두 사람밖에 없었다.

카빌리어 공작을 비롯한 모두가 고개를 끄덕였다.

“부탁합니다.”

그란데 백작이 류지 후작을 향해 살짝 고개를 숙였다.

류지 후작이 안심하라는 듯 그의 어깨를 두드렸다.

“자네는 이들과 함께 흑마법사들을 맡아주게.”

“알겠습니다.”

스윽―

류지 후작과 자하르가 동시에 자리에서 일어났다.

먼저 막사를 나선 사람은 자하르였다. 그의 몸에서 스멀스럼 투기가 일어났다.

본격적인 싸움에 앞서 마음속으로 칼을 갈고 닦는 것이다.

날카롭게 벼려진 자하르의 기도에 막사 안의 사람들이 하나같이 마른침을 삼켰다.

본격적인 전쟁을 앞두고, 막사 안이 들썩였다.

*   *   *

도합 백만에 가까운 군대가 프랑크 왕국의 수도를 둘러쌌다.

그리고 이십 만에 이르는 군대가 수도의 후방으로 향했다.

그들을 지휘하는 이는 바로 대륙 제일검이라는 류지 후작이었다.

그의 이름 때문인지 병사들의 사기는 찌를 듯 높았다.

"와아아아아!"

거대한 함성이 수도를 들썩였다.

류지 후작과 함께 자하르가 그들의 가장 앞에 섰다. 그리고 내로라하는 검가의 수장들이 그들의 뒤를 받쳤다.

막 연합군이 수도의 후방에 근접했을 때였다.

슈욱—

콰아아아아아—!

갑작스레 하늘에서 수많은 불의 구들이 쏟아졌다.

어마어마한 수였다. 하늘을 가득 메울 정도의 검은 불꽃들은 그야말로 장관이었고, 그로 인한 피해는 상상도 할 수 없을 정도였다.

막 불의 구들이 연합군을 닥치려고 하려는 그 순간이었다.

타다다닥—

연합군의 선두를 달리던 사람들, 각 검가의 수장들이 날아들었다.

콰과과과과과—!

퍼퍼퍼퍼펑—!

수많은 불의 구가 그에 맞서는 오러의 검격에 의해 하늘에서 폭발했다.

류지 후작과 자하르는 위로 날아들 것도 없었다. 그란데 백작을 비롯한 각 마스터들이 충분히 처리할 수 있을 것이라 믿었다.

타닥—

자하르와 류지 후작이 동시에 사라졌다.

말 위에서 사라진 두 사람이 나타난 곳은 각기 다른 곳이었다.

류지 후작은 후문의 위에 있는 흑마법사들의 앞에서, 자하르는 후문 바로 앞에서 나타났다.

"하압!"

검을 높게 쳐들며 자하르가 기합을 질렀다.

슈욱—

서걱—

무언가가 베이는 소리.

부드럽지만 모두가 들을 수 있을 정도로 큰 소리였다.

그리고 잠시 후.

쿠구구구구구—

거대한 후문이 여러 갈래로 베어진 채 바닥으로 서서히 쓰러졌다.

이것으로 길이 만들어졌다.

병사들은 자하르와 류지 후작의 뒤를 따라 수도를 향해 전진했다.

콰과광—!

그때, 후문의 위쪽에서 거대한 폭음이 들려왔다.

류지 후작이 향한 방향이었다.

연달아서 터지던 폭음은 이내 잦아들었다.

안 봐도 뻔했다.

병사들을 공격하려던 흑마법사들이 류지 후작에게 모두

제거당한 것이다.

아니나 다를까.

후문의 휘쪽에서, 류지 후작의 외침이 들려왔다.

"전군, 돌격—!"

*　　　*　　　*

이십만에 이르는 대군이 프랑크 왕국의 수도로 들어섰다.

수도는 조용했다.

백만 가까운 거대한 인구를 가지고 있는 프랑크 왕국의 수도답지 않았다. 말 그대로 고요한 유령 도시 같았다.

자하르는 수도에 들어서며 코를 찌르는 듯한 흑마나를 맡았다.

이미 이곳은 프랑크 왕국이 아니었다. 흑마법사들에게 오염되어 암흑왕국이라고 불러야 할 판이었다.

"자, 그럼… 바알이랑 로크, 이 두 녀석은 어디 있으려나?"

자하르는 잠시 눈을 감고 주위를 살폈다.

근처에 은신해 있는 수많은 흑마법사들의 기척이 느껴졌다. 그중에는 흑마도사로 추정되는 녀석들도 여럿 있었다.

하지만 그들은 자하르의 몫이 아니었다.

로크.

그가 바로 자하르가 상대해야 할 적이었다.

'찾았다.'

자하르는 눈을 뜨고 멀리 보이는 프랑크 왕국의 왕성을 바라봤다.

타닥—

자하르의 신형이 사라졌다.

어느새 그의 신형은 프랑크 왕국의 왕성을 향하고 있었다.

중간에 막을 법도 하건만, 흑마법사들은 자하르가 움직이고 있다는 것조차 제대로 볼 수 없었다. 자하르를 발견하면 그 순간 저 멀리 날아가 버리는 것이다.

그리고 그런 자하르를 쫓아오는 사람이 한 명 있었다.

"어디 가느냐?"

바로 류지 후작이었다.

연합군에서 유일하게 자하르의 움직임에 맞출 수 있는 사람이기도 했다.

"로크와 바알에게로 갑니다."

"그 둘, 어디 있느냐?"

"저기 왕성에요. 분명 이 난동을 눈치챘을 텐데도 이상하게 가만히 있습니다."

턱—

자하르와 류지 후작이 움직임을 멈췄다.

어느새 두 사람은 왕성의 입구에 도착해 있었다.

바알과 로크가 있는 왕성을 빤히 바라보던 자하르가 물었
다.

"꼭 바알과 싸워야겠습니까?"

"무슨 소리냐?"

"둘 모두 제가 상대하겠습니다."

다소 자만으로 들릴 수도 있는 말이었다.

하지만 류지 후작은 그 말을 마냥 자만으로 가득한 어린아
이의 말로 들리지 않았다.

자하르는 그만큼의 실력이 있었다.

지금껏 보여준 실력만으로도 충분했다. 지극히 단편적인
힘들이지만, 그것만으로도 자하르의 힘을 추측하기에 무리가
없었다.

이미 자하르는 류지 후작의 경지를 아득히 뛰어넘어 있었
다.

아니, 경지의 단계로 본다면 한끝 차이일지 모르나 그것은
이미 그렇게 표현하기엔 너무나도 큰 차이가 되어 있었다.

분명 자하르라면 바알과 로크를 동시에 상대할 수 있을 것
이다.

아니, 어쩌면 아이작과도 승부를 겨뤄볼 수 있을지도 모른
다.

류지 후작은 그렇게 생각했다.

하지만 그것과 이것은 전혀 다른 문제였다.

"바알은 내가 상대한다."

"제게 맡기세요."

"아니, 됐다. 이건 내 고집이다. 진짜 제일 쾌검이 누구인지, 그 끝을 보고 싶구나."

류지 후작은 바알과 겨뤄보고 싶었다.

이전처럼 미적지근한 칼부림이 아닌, 생사를 건 진짜 싸움이 하고 싶었다.

만약 그 싸움에서 살아남는다면 류지 후작은 그토록 원하던 쾌검의 진정한 끝을 볼지도 모른다고 생각했다.

"…알겠습니다."

"자, 그럼 가자꾸나."

류지 후작이 터벅터벅 왕성으로 향했다.

자하르가 한숨을 푹 내쉬며 그의 뒤를 따랐다.

＊　　＊　　＊

콰쾅―!

"빌어먹을. 끝도 없군."

자하르는 손아귀에 잡힌 흑마법사 한 명을 뒤로 휙 던지며 중얼거렸다.

왕성 안으로 들어선 직후부터 지금까지, 족히 수백은 되는 흑마법사들로부터 공격을 받았다.

잠시 쉴 틈도 없었다. 도대체 얼마나 많은 흑마법사들이 숨어 있는 것인지, 그 수를 세다가 포기할 정도였다.

지금 당장 느끼기에도 근처에만 백 명이 넘는 흑마법사가 포진하고 있었다.

"왕성 안에만 수천은 넘게 숨어 있었군. 이 녀석들, 죄다 죽여야 하나?"

자하르가 지친다는 표정으로 한숨을 푹 내쉬었다.

하려고 한다면 못할 것은 없지만 일일이 하나하나 죽이는 것은 그리 쉬운 일이 아니었다.

살인을 즐기는 것도 아니고, 아무리 흑마법사라도 수천 명의 사람을 죽이는 것은 썩 달갑지 않았다.

"그럴 필요는 없겠군."

자하르가 씩 웃으며 뒤를 돌아봤다.

아니나 다를까.

익숙한 얼굴들이 빠르게 다가오고 있었다.

"왔는가?"

류지 후작의 얼굴에 화색이 돌았다.

그란데 백작을 비롯한 오웬 백작과 에드윌 후작, 그리고 여러 마스터들이었다.

왕성이야말로 프랑크 왕국의 수도 공략에 있어서 중심이라고 할 수 있었다.

외곽에서부터 흑마법사들을 정리하던 그들이 가장 먼저 달려온 것이다.

"흑마법사들은 저희에게 맡기십시오."

쉬익—

말을 마치기가 무섭게 그란데 백작의 검이 옆으로 뻗어갔다.

순식간에 근처에 숨어 있던 흑마법사의 목이 떨어져 나갔다.

"믿음직하군."

"저희가 드릴 말입니다. 부탁드립니다, 아버지."

오웬 백작이 고개를 꾸벅 숙였다.

지금 이 자리에는 여러 마스터가 있지만 그들 중 바알과 로크를 감당할 수 있는 사람은 오직 자하르와 류지 후작 둘뿐이었다.

오웬 백작이 겪어본 바알과 로크는 그야말로 괴물이었다. 아무리 그란데 백작이 세인트급 마스터에 올랐다 하더라도 그들을 감당할 순 없었다.

그란데 백작을 포함한 함께 온 마스터 전원이 덤벼야 겨우 바알 한 사람을 상대할 수 있을 것이다.

"걱정 말거라."

류지 후작이 몸을 돌려 왕성의 대전으로 향했다.

바알과 로크가 있는 곳이 바로 그곳이었다. 자하르 역시 묵묵히 류지 후작을 따랐다.

대전의 문 앞에 도착한 자하르는 가차없이 검을 휘둘렀다.

황금으로 장식되어 있는 대전의 문이 싹둑 잘려 나갔다.

대전의 안은 텅 비어 있었다. 아니, 단 두 사람만이 비어 있는 대전의 한쪽에 앉아 있었다.

바로 바알과 로크였다.

"여기서 무얼 하시고 계십니까?"

류지 후작이 물었다.

그 대상은 당연히 바알이었다.

바알은 괴고 있던 턱을 풀며 류지 후작을 바라봤다.

"왔는가? 기다렸네."

"감격스럽군요. 그때의 연장을 이어갈까 하는데, 자리를 옮기겠습니까?"

"그러도록 하지."

바알이 몸을 일으켰다.

순식간에 바알의 신형이 사라졌다.

보통 사람이라면 눈 한 번 깜빡일 시간에 벌어진 일이었지만, 이 자리에서 바알이 어디로 움직였는지 보지 못한 사람은 없었다.

류지 후작이 자하르를 바라봤다.

자하르가 류지 후작을 향해 고개를 한 번 끄덕여 주었다.

방해하지 않겠다는 뜻이었다. 확답을 들은 류지 후작이 슬며시 미소 지었다.

"고맙다."

슈슉—

류지 후작의 신형이 바알을 쫓았다.

이제 넓은 대전에 남은 사람은 두 사람이었다.

자하르, 그리고 로크.

로크는 아직까지도 괴고 있는 턱을 풀지 않은 채 눈을 감고 있었다.

"무슨 꿍꿍이지?"

"무엇이 말이냐?"

"왜 우리가 올 때까지 나서지 않았는지를 묻고 있는 거다. 너라면 우리가 수도를 들어섰을 때부터 눈치챘을 텐데?"

자하르의 질문이 있고서야 로크가 눈을 떴다.

괴고 있던 턱을 풀며, 로크가 대답했다.

"우린 우리에게 각인된 명령 속에서 자유롭게 움직일 수 있다."

"무슨 소리지?"

"우리에게 각인된 명령은 이곳을 지키는 것. 그리고 이곳이라는 범위는 프랑크 왕국의 수도를 뜻한다. 그리고… 우리는 수도를 지킬 수 없다고 판단했다."

"……"

"머리에서 그렇게 판단을 내리니 굳이 움직이지 않아도 되더군. 어차피 너희가 여기까지 올 것을 아니까. 너희를 상대하는 것이 바로 우리가 할 일이라고 판단했다."

"그래서 우릴 기다렸다? 우리와 싸우기 위해?"

"아니."

로크가 자리에서 일어났다.

눈을 뜨고, 검을 뽑는 그를 보며 자하르가 당황했다.

그토록 무감각해 보였던 로크가 울고 있었다. 표정없이 눈물을 흘리는 모습은 애처롭기 그지없었다.

"날 죽여주길 바란다. 다시 죽고 싶다."

"…알겠소."

자하르의 말투가 공대로 바뀌었다.

잠시 망각하고 있었다.

저들은 자의로 검을 빼어 든 것이 아니라는 것을. 자신들의 진짜 적은, 바알과 로크가 아닌 그들을 조종하는 빌어먹을 흑마법사들이라는 것을.

"마지막으로 하나만 묻겠소."

"물어보게."

자하르의 말투가 변함과 함께 로크의 말투 역시 바뀌었다.

자하르는 눈을 질끈 감았다 떴다. 알 수 없는 분노가 그의 눈동자에 감돌았다.

"지금 당신에게 명령을 내리는 숙주가 누구요?"

"…아이작."

"빌어먹을. 역시."

대충 예상은 하고 있었다.

아이작이 플루토같은 녀석에게 당했을 리 없다는 생각이었다.

둘 중 한 사람이 당한다면 그는 바로 플루토가 될 것이다.

하지만 막상 결과를 듣고 보니 입안이 썼다.

기왕이면 플루토가 아이작을 처리해 주길 바라고 있었다. 아이작보다는 플루토가 그래도 상대하기가 한결 나아 보였으니까.

언데드 군단은 단순히 마나의 절대적인 양과 주문만 안다면 만들어 낼 수 있지만, 본인의 실력은 그것과는 전혀 다른 문제였다.

만약 플루토가 아이작의 힘을 흡수한 것이라면 자하르는

충분히 그를 이길 자신이 있었다.

'하지만 그 반대라면……?'

플루토의 힘을 아이작이 흡수했다.

그 말은 즉, 타인의 힘을 흡수하는 플루토의 마법을 아이작이 터득했다는 뜻이었다.

'달라진 건 없다.'

자하르는 가슴을 쓸며 호흡을 가다듬었다.

애초부터 아이작은 별의별 마법을 다 사용했다. 그중에는 놀랄 만큼 특이한 마법도 많았다.

그중에서 하나가 추가된다고 해서 달라질 것은 없었다.

"대답이 되었소?"

로크의 물음에 자하르가 고개를 끄덕였다.

"고맙소. 이제 편히 가시오."

"부탁하오."

로크가 검을 바로 들었다.

싸우기 위한 자세였지만 그것은 로크의 의지가 아니었다.

더욱 강력해진 아이작의 각인에 의한 행동이었다.

쿠구궁―

어깨를 짓누르는 압력에 자하르가 씩 웃었다.

익숙한 느낌이었다. 얼마 전만 하더라도 이 압력에 못 이겨 무릎을 꿇었었다.

하지만 지금은 충분히 버틸 수 있었다. 아니, 어깨가 조금 무거워졌다는 느낌이 있을 뿐 평소와는 크게 달라진 것도 없었다.

"역시."

로크가 감탄 어린 표정으로 고개를 끄덕였다.

이 중력이야말로 로크가 가진 최고의 비전이었다. 이것을 아무렇지 않게 버텨냈다는 것은 자하르가 로크의 실력을 훌쩍 뛰어넘었다는 뜻과 같았다.

쾅―!

로크가 자하르를 향해 돌진했다.

강하게 디딘 지면이 움푹 꺼졌다. 맹렬하게 돌진한 로크의 검과 자하르의 검이 부딪혔다.

쩡―!

"커억!"

비명이 들려온 쪽은 로크였다.

뒤로 주춤 몇 걸음 물러나며 로크가 의아한 표정을 지었다.

"어째서……?"

로크는 지금껏 힘에서 밀려본 적이 없었다.

지금의 로크가 있게 한 원동력은 바로 중검이었다.

그 어떤 검술이라도 압도적인 힘으로 밀어붙일 수 있었던 검이었다.

그렇기에 속도나 검술의 응용 면에서 밀린다면 이해할 수 있었다.

하지만 이처럼 단 한 번의 힘 싸움에서 밀린 적은 단연코 처음이었다.

“모르겠소?”

자하르가 재차 검을 뻗었다.

로크는 이제 궁금해졌다.

어떤 수를 썼기에 자하르의 검이 자신의 검을 밀어낸 것인지.

눈을 똑바로 뜨며 로크가 다시금 자하르의 검과 자신의 검을 부딪혀 갔다.

꽝—!

전심전력을 다한 로크의 검은 이번엔 자하르에게 밀려나지 않았다.

하지만 검을 맞댄 로크의 팔은 부르르 떨렸다. 조금씩이지만 로크의 검이 자하르의 검에 밀려나고 있었다.

“이, 이게 대체⋯⋯?”

어떤 수를 쓴 것이 아니었다.

자하르는 순수한 힘만으로 로크의 검을 밀어내고 있었다.

말도 안 되는 일이었다.

자하르의 검술은 무초식이었다.

쾌검도, 중검도, 환검도, 어느 쪽에서 편중되지 않은 중도적인 검술.

어떠한 특징도 가지지 않은 만큼 가장 완벽할 수도, 가장 뒤떨어질 수도 있는 검술이지만 한 가지만은 확실했다.

바로 중검에 비해 힘이 떨어진다는 것.

게다가 중검의 끝을 보았다는 로크의 중검이었다. 힘 싸움에 있어서 로크가 패한다는 것은 상식적으로 이해하기 힘들었다.

"궁금하오?"

쩡―!

자하르가 로크의 검을 멀리 쳐냈다.

날아간 로크의 검이 벽에 박혔다.

검사가 검을 놓쳤다.

로크가 검을 놓칠 정도로 검을 쳐낸 자하르의 힘이 강한 것이다.

이해할 수 없다는 표정의 로크에게 자하르가 설명을 이었다.

"급이 다른 것이오."

"급?"

"나는 카르안이거든."

한마디로, 수준 자체가 다르니 검술의 성질 따위는 따질 필요도 없다는 뜻이었다.

다르게 들으면 사정없이 자존심을 긁는 말이지만 로크는 이해할 수 있었다.

고작 두 차례 검을 나눈 것이 다이지만 자하르의 실력은 이미 로크를 아득히 뛰어넘어 있었다.

수준이 다르다.

카르안은 세인트급 마스터, 그 위에 존재하는 또 다른 세계에 발을 디딘 것이다.

그것을 인지하자 로크는 아연해졌다.

지금껏 자신이 갈고 닦은 검술이 너무나 초라해 보였고, 자하르… 아니, 카르안에게 덤빈다는 것이 얼마나 무모한 일인지 깨달았다.

"한 수 가르침 부탁하네."

쿠구구구구구—

성이 진동했다.

거대한 압력이 성 전체를 짓눌렀다.

로크가 내뿜는 오러는 그 자체로 어마어마한 압력을 가지고 있었다.

로크는 죽기 전, 마지막으로 모든 힘을 끌어 올려 자하르와 맞설 셈이었다.

그것은 아이작이 새긴 각인이 아니었다. 순전히 로크의 의지가 반영된 것이었다.

죽더라도, 온 힘을 다해 카르안과 한 수를 나누고 싶다는 바람.

그것을 알기에 자하르 역시 진지하게 검을 들었다.

"얼마든지."

쩌저저저적—

두 사람이 서 있는 바닥이 갈라졌다.

견고한 성이 서서히 무너지기 시작했다.

점차 갈라지던 바닥이 완전히 무너지는 그 순간,

서걱—

왕성이 그대로 반으로 나뉘어졌다.

*　　*　　*

무너진 프랑크 왕국의 왕성은 수많은 흑마법사를 함께 깔아뭉갰다.

물론 어느 정도 수준이 있는 흑마법사들이나 그란데 백작을 비롯한 마스터들은 무사했다. 성이 무너지기 직전, 몸을 날려 피한 것이다.

로크는 무너진 성에 몸이 깔려 시체조차 찾을 수 없었다.

하지만 이미 성이 무너짐과 동시에 자하르의 검에 의해 몸이 반으로 나뉜 상태였다.

무너진 성의 잔해 위에서 자하르는 로크를 향해 애도를 표했다.

"그나저나, 두 사람은 어디로 간 거지?"

자하르는 근처에서 류지 후작과 바알의 기척이 느껴지지 않자 고개를 갸웃거렸다.

대충 근처에서 싸우겠거니 했는데 아무리 살펴도 두 사람의 기척이 느껴지지 않았다.

자하르는 눈을 감고 기감을 더욱 확장했다.

수도 전체를 살피던 자하르의 기감이 점차 범위를 높여 수도 인근을 살폈다.

'찾았다.'

미약하지만 익숙한 기운이 느껴졌다.

수도 외곽에서 조금 떨어진 산턱.

분명 류지 후작이었다.

'그런데……'

"자하르!"

자하르가 막 류지 후작을 발견했을 때, 그란데 백작이 자하르를 발견하고 소리쳤다.

그의 뒤로는 여러 마스터들이 따라오고 있었다.

"어떻게 된 것이냐, 로크는?"

“죽었습니다.”

“그래?”

그란데 백작을 비롯한 마스터들의 얼굴에 화색이 돌았다.

하지만 자하르의 표정은 반대로 어두워졌다.

“잠시 다녀오겠습니다.”

“어디를 말이냐?”

“…류지 후작님에게요.”

＊　　＊　　＊

자하르는 그 어느 때보다도 다급히 수도의 외곽으로 향했다.

달린다는 말보다는 날아간다는 말이 맞을 정도로 빠르게 수도의 외곽에 도착한 자하르는 희미한 류지 후작의 기척을 쫓았다.

“분명 이 근천데……”

자하르는 바로 류지 후작을 찾을 수 없었다.

바로 찾기에는 산턱이 워낙 넓었고, 류지 후작의 기운이 너무 희미했다.

결국 자하르는 흔적을 쫓아 류지 후작을 찾았다.

한쪽으로 시선을 돌리자 산의 한쪽 면이 깎여져 나가 있었다.

자하르는 깎여져 나간 부근의 산턱 아래로 향했다.

아니나 다를까.

그곳에는 두 사람이 쓰러져 있었다.

두 사람은 바로 바알과 류지 후작이었다. 두 사람 모두 가슴에서 피를 흘린 채 쓰러져 있었다.

자하르는 직접 확인하지 않아도 바알의 숨이 끊어졌다는 것을 알 수 있었다.

반면, 류지 후작은 살아 있었다.

하지만 언제 숨이 끊길지 모를 정도로 아슬아슬한 상황이었다.

타닥—

자하르가 류지 후작에게로 달려갔다.

류지 후작은 이미 정신이 없었다. 숨은 쉬고 있지만 너무나 미약했다.

자하르는 두 사람의 상처와 주위를 미루어 어떻게 된 일인지 그려볼 수 있었다.

일합 싸움.

쾌검의 극을 바라보는 두 사람이었다. 목숨을 건 싸움을 하기에는 단 일합이면 충분했다.

그리고 그 결과, 승자는 류지 후작이었다.

　류지 후작의 검은 바알의 심장을 베어냈다. 반면 바알의 검은 류지 후작에 비해 조금 얕았다.

　치명상을 입긴 했지만 류지 후작은 죽지 않았다. 그것만으로 승자를 결정내기에 충분했다.

　"일단, 살려놓고 봐야겠군."

　자하르는 류지 후작의 상처를 향해 손을 가져갔다.

　자하르의 오러가 류지 후작의 상처에 스며들었다.

　제대로 된 치료는 아니지만 그것은 피를 멎게 하는 효과를 가져왔다.

　오러가 스며들며 차츰 류지 후작의 안색도 돌아왔다. 상태가 더 이상 호전되지는 않겠지만, 적어도 악화되지도 않을 것이다.

　고비를 넘긴 자하르는 류지 후작을 등에 들쳐 업었다.

　그리고는 한쪽에 쓰러져 있는 바알을 향해 고개를 살짝 숙였다.

　"편히 쉬길."

CHAPTER 10
계기

부상자 오만.

사망자 칠만.

수도에 들어선 총 이십만의 병력 중, 멀쩡한 사람은 고작 팔만 정도였다.

이십만의 병사들과 기사들은 하나같이 크란 제국과 각 왕국의 정예들이었다. 오만 명이 기사 병력이니 병력의 질이 어느 정도였는지 알 만했다.

그중에는 마스터가 도합 스물이었다.

사실상 대륙에 이름을 날린다 하는 거의 모든 마스터가 이번 전쟁에 참여한 것이다.

그럼에도 그 마스터들 중 일곱 명이 죽었다.

모두 흑마도사들과 싸움을 벌이다 사망한 이들이었다.

상대적으로 프랑크 왕국과의 전쟁이 손쉽게 끝났지만, 그 피해가 만만치 않았다.

병력의 손실이야 감안한 일이었다.

이 정도 규모의 전쟁에서 십이만의 피해라면 그리 크지 않았다.

문제는 일곱 명의 마스터의 죽음과 류지 후작의 부상이었다.

마스터는 아이작을 상대하기 위해 반드시 필요한 인력이었다.

보통의 기사들로는 아이작을 상대하는 데에 아무런 도움이 되지 못했다.

게다가 류지 후작은 이번 바알과의 싸움에서 큰 부상을 입은 상태였다.

그 부상 탓에 사흘이 지난 후까지도 정신을 차리지 못할 정도였으니 부상의 정도가 얼마나 심각한지 짐작할 수 있었다.

어쩌면 이대로 영영 정신을 차리지 못할 수도 있다는 것이 여러 치료 마법사들의 견해였다.

쿵—!

류지 후작의 병문안을 다녀온 오웬 백작이 거칠게 벽을 두
드렸다.

왕성이 통째로 무너져 내렸기에 연합군의 주요 인사들은
어쩔 수 없이 왕성과 조금 떨어져 있는 별궁을 사용할 수밖에
없었다.

별궁이라지만 왕성에 딸려 있는 하나의 궁이었다. 충분히
한 사람을 쉬게 할 만한 시설은 갖춰져 있었다.

"미치겠군."

조급한 마음에 오웬 백작이 조그맣게 욕설을 내뱉었다.

그의 옆으로 함께 병문안을 갔던 자하르가 말했다.

"금방 정신을 차리실 겁니다."

"그래야 할 텐데……."

아직 전쟁은 끝난 것이 아니었다.

아니, 이제 시작이라고 할 수 있었다.

아이작이 남아 있었다. 수많은 언데드 군단을 거느리고, 과
거 단신으로 대륙의 절반을 집어삼킨 대흑마법사를 상대해야
했다.

그리고 그러기 위해서는 마스터의 힘이, 그리고 류지 후작
의 힘이 꼭 필요했다.

이미 오웬 백작은 머릿속에서 아이작과의 싸움을 그리고

있었다.

"아버님이 깨어나시지 않으면, 승산이 없다."

오웬 백작이 살짝 금이 간 벽에 몸을 기대며 한숨을 푹 내쉬었다.

"그렇게 생각하시는 이유는요?"

"연합군이 아이작의 언데드 군단을 상대하는 동안, 너와 아버님이 아이작을 상대해야 하기 때문이다. 아이작을 잡지 못하면 언데드 군단을 쓰러뜨린다 해도 아무 소용이 없어."

오웬 백작은 이번 전쟁의 핵심을 자하르와 류지 후작으로 보고 있었다.

오웬 백작과 그란데 백작을 비롯한 마스터들과 대륙 연합군이 언데드 군단을 상대하는 동안, 자하르와 류지 후작이 아이작을 쓰러뜨리는 것.

간단하지만 하나밖에 존재하지 않는 길이었다. 아이작을 쓰러뜨리지 못하면 언데드 군단을 무너뜨린다 해도 다시금 부활할 것이다.

"저와 후작님이 아이작을 함께 상대하라는 말입니까?"

자하르의 눈매가 날카롭게 휘었다.

썩 마음에 들지 않는 말이었다. 자하르는 아이작을 혼자 상대하고 싶었다.

오웬 백작은 휘어진 자하르의 눈을 발견하지 못했는지 무덤덤한 표정으로 고개를 끄덕였다.

"그래, 자세한 것은 잘 모르지만, 지금 드러난 모습만으로도 아이작은 충분히 괴물이다. 너 혼자 이길 수 있을 상대가 아니야."

"그건……."

자하르가 막 반박하려던 때였다.

"오웬 백작님!"

류지 후작의 상태를 확인하던 치료 마법사가 황급히 뛰어왔다.

"후작님이 깨어나셨습니다!"

치료 마법사의 말에 오웬 백작이 서둘러 류지 후작에게로 향했다.

자하르는 한숨을 폭 내쉬며 그 뒤를 따랐다. 자세한 이야기는 일단 가서 해야 할 듯했다.

별궁의 가장 안쪽으로 들어가자 류지 후작이 치료 마법사 한 명의 부축을 받으며 상체를 일으키고 있었다.

오웬 백작이 만면에 화색을 띄우며 류지 후작에게 다가갔다.

"아버지!"

"소리 지르지 마라."

류지 후작이 가슴 한쪽을 부여잡으며 인상을 찌푸렸다.

그제야 오웬 백작은 자신의 추태를 깨닫고 목소리를 낮췄다.

"괜찮으십니까?"

"그래."

무덤덤한 대답과는 달리 류지 후작의 가슴에 둘러진 붕대는 온통 피에 물들어 있었다.

그래도 살아난 것이 어디인가. 생사를 왔다 갔다 하던 고비는 이제 끝났다고 봐도 무방했다.

오웬 백작은 안도의 한숨을 내쉬며 류지 후작을 부축하는 치료 마법사에게 물었다.

"완쾌하시려면 얼마나 걸리겠는가?"

잠시 류지 후작의 상처를 살피던 치료 마법사가 고개를 저으며 말했다.

"상처가 조금만 더 깊었다면 아마 살아계시지 못하셨을 겁니다. 소신의 견해로는 반년은 요양하셔야 일상생활이 가능하실 것 같습니다."

"반년?"

"그것도 일상생활에 한해서입니다. 다시 검을 잡기 위해서는 적어도 일 년 이상은……."

치료 마법사는 조금씩 고개를 숙이며 말끝을 흐렸다.

그 역시 지금 시국이 얼마나 위험한지 잘 알고 있었다.

아이작이라는 대흑마법사가 점차 세를 불려가며 벌써 크란 제국의 절반 이상을 집어삼켰다는 소식은 모르는 사람이 없을 정도로 유명했다.

말이 크란 제국의 절반이지, 크란 제국은 대륙의 삼분지 일을 차지하는 거대한 국가였다.

그곳의 절반이라면 벌써 대륙의 육분지 일이 아이작의 손에 들어갔다는 뜻이었다.

이 정도 속도라면 한 달 정도 후면 크란 제국이 완전히 아이작의 손에 떨어질 것이다.

오웬 백작은 그렇게 되기 전에 아이작의 손에서 크란 제국을 되찾아 오고 싶었다.

"일 년이라니! 너무 늦다!"

"백작 각하, 이것도 치료 마법사들이 최대한 달라붙은 최적의 환경을 고려한 시일입니다. 그렇지 않았다면 아마 이 년은 걸렸을 겁니다."

"지금 시국이 어떠한 때인데 그런 말을 내뱉는 것이냐! 일 년이면 아이작이 대륙의 반은 집어삼키고도 남는 시간이란 말이다!"

오웬 백작의 호통에 점차 오러가 실렸다.

분노에 의한 무의식적인 행동이었다.

오웬 백작의 오러를 마주한 치료 마법사가 몸을 부들부들 떨었다.

"그만하거라."

류지 후작의 음성이 오웬 백작에게로 향했다.

한 점 오러도 담겨 있지 않은 나지막한 목소리였지만 오웬 백작은 그 말을 똑똑히 들었다.

류지 후작은 언제부턴가 가슴에 동여진 붕대를 풀고 있었다.

살짝 드러난 상처는 징그러울 정도였다. 얼마나 깊게 베였는지, 하얀 뼈가 다 드러날 정도였다.

자하르의 오러의 효과가 다 떨어진 상처에서는 아직도 꾸역꾸역 피가 흘러나오고 있었다. 류지 후작은 자신의 상처를 가만히 내려다보며 중얼거렸다.

"허… 죽지 않은 것이 신기하군."

"아버님."

"내 상태는 내가 잘 안다. 죽지 않은 것만으로도 고마울 지경이니, 낫기 위한 시간은 크게 중요하지 않다."

오웬 백작의 화를 가라앉힌 류지 후작이 자하르에게로 시선을 돌렸다.

"할 수 있겠느냐?"

아이작을 혼자 상대할 수 있는지를 묻고 있는 것이었다.

자하르는 대답하지 않았다. 아직까지 확신은 없었다.

현재 자하르의 실력은 과거 카르안 수준이었다.

이런 상태에서 다시금 아이작과 맞붙게 된다면? 결과는 장담할 수 없었다.

한 번 싸워본 상대이니 만큼 더 수월할 것이라는 생각도 해 보았다.

하지만 그것은 아이작 역시 마찬가지의 입장이었다. 아니, 오히려 이성적이고 계산적인 성향인 아이작은 더욱 철저하게 카르안에 대해 공략했을지도 몰랐다.

게다가 아이작은 플루토의 힘을 흡수했다.

그 영향이 단순하게 아이작이 가지고 있는 절대적인 흑마나의 양이 늘어났다고 본다면 불행 중 다행이었다.

하지만 그 영향이 단순히 거기에서 그치지 않고 무언가 변수를 만들어 낼 수도 있었다.

여러 가지를 가정해 보면 사실상 자하르가 아이작을 쓰러뜨릴 확률은 크게 높지 않았다.

잠시 생각하던 자하르가 냉정하게 답했다.

"3대 7입니다."

"어디서 7이냐?"

"아이작입니다."

그리 희망적이지 못한 대답이었다.

자하르의 패배는 곧 연합군의 패배나 마찬가지였다. 아이작을 쓰러뜨리지 못한 전쟁은 아무리 언데드 군단을 많이 쓰러뜨린다 한들 의미가 없었다.

류지 후작은 인상을 찡그리다가 물었다.

"내가 도운다면?"

"3대 7입니다."

"여전히 아이작이 7이구나."

자하르는 냉정하게 고개를 끄덕였다.

류지 후작은 분명 강했다.

그는 분명 대륙 제일검이었고, 그에 걸맞은 실력을 갖추고 있었다.

더군다나 류지 후작은 이번 바알과의 싸움으로 깨달음을 얻었다.

부상을 털고 일어나, 다시 검을 잡는다면 로크와도 충분히 일전을 겨루어 볼 수 있을 정도였다.

하지만 시대가 나빴다.

카르안이나 아이작과 같은 인물들만 없었다면 한 시대를 풍미하고 충분히 영웅으로 남았을 테지만, 역사를 뒤집었던 두 사람이 천 년을 거슬러 다시 태어났다.

자하르와 아이작의 수준은 차원이 달랐다.

이미 류지 후작은 따라갈 수 없는 아득히 먼 곳에 도달한 두 사람이었다.

　두 사람의 싸움에는 어떤 변수도 통하지 않았다. 오직 두 사람의 실력의 고하만이 이번 싸움의 승패를 나누는 열쇠였다.

　"이거야 원, 내가 너무 보잘것없어 보이는군."

　"그보다는 아이작이 대단한 겁니다."

　"그래, 그리고 너도 말이지."

　자하르는 변명하지 않았다.

　사실은 사실이었다. 아이작을 상대할 수 있는 사람은 자하르뿐이었다.

　안타깝게도 류지 후작은 그 사이에서 어떠한 도움도 되지 않았다.

　"잘 부탁한다."

　류지 후작이 자하르의 손을 잡으며 고개를 푹 숙였다.

　대륙의 안녕을 위해, 그리고 어느새 위대한 검사로 성장한 자하르를 향한 경의를 담아서.

　자하르는 류지 후작의 손등을 툭 건드리며 대답했다.

　"꼭⋯ 이기겠습니다."

＊　　＊　　＊

　자하르는 언제나처럼 잠이 들기 전, 심상 수련에 몰두했다.

근래 들어 자하르는 하루 일과의 거의 전부를 수련에 쏟아부었다.

이유는 단 하나였다. 초조하기 때문이었다.

지금껏 자하르의 목표는 카르안이 되는 것이었다. 카르안이야말로 자하르가 아는 가장 강한 검사였고, 카르안이야말로 자하르의 근본이었다.

애초에 전생을 카르안으로서 살아왔기 때문인지 자하르가 카르안이 되는 길은 그리 어렵지 않았다.

시간만 주어진다면 언제든 손에 쥘 수 있는 경지. 자하르에게 있어서 카르안의 경지는 그런 것이었다.

그리고 그 경지는 플루토의 선물들 덕에 더욱 빠르게 도달할 수 있었다.

빠른 만큼 부작용도 큰 것일까?

자하르는 카르안의 경지에 도달한 이후부터 실력이 정체되어 있다는 것을 느꼈다.

더 이상 검을 휘둘러도 얻는 것이 없었다. 강해진다는 느낌이 전혀 들지 않았다.

자하르는 그 이유를 그동안 카르안이 되기 위해서만 노력했지, 그 외에 다른 목적을 가지지 않았기 때문이라고 생각했다.

심상 수련에서 자하르가 얻고자 하는 마음가짐은 바로 카르안을 버리는 것이었다.

카르안을 버려야 새로운 경지로 한 발 나아갈 수 있다. 그렇게 되어야 아이작을 이길 수 있다.

자하르는 아이작을 쓰러뜨리기 위한 과제를 이루기 위해서는 반드시 한 발 더 나아가야 한다고 생각했다.

"신기한 곳이군."

자하르는 뜻하지 않은 목소리에 휘두르던 검을 멈추고 귀를 쫑긋 세웠다.

몇 번 듣지 않았지만 절대 잊을 수 없는 목소리였다. 자하르가 몸을 돌려 뒤를 바라봤다.

그곳에는 역시나 뜻하지 않은 손님이 찾아와 있었다.

"…아이작?"

"이런 곳에서 검을 휘두르고 있었나? 천 년 전처럼 날 죽이기 위해서?"

뒷짐을 진 아이작이 주위를 빙 둘러보며 물었다.

이상한 일이었다. 이곳은 자하르가 만들어낸 심상 공간이었다.

이곳에서는 자하르의 마음이 곧 전부였다. 마음만 먹는다면 백 명의 카르안이라도 만들어 낼 수 있고, 드래곤이든 신이든 만들어 낼 수 있는 공간이었다.

그리고 그런 만큼 원하지 않는 것은 만들어지지 않았다.

자하르는 방금 전까지 검을 휘두르는 것에 몰두하고 있었
다.

그런데 갑작스레 아이작이라니?

자하르는 영문 모를 표정으로 한참 동안 아이작을 바라봤
다.

"왜 그렇게 보는 것이지? 하긴, 이상할 만도 하겠군. 이곳
에서 난 초대하지 않은 손님일 테니."

"…역시, 넌 내가 만들어 낸 게 아니구나."

자하르는 깨달았다.

눈앞의 아이작은 결코 자하르가 만들어 낸 허상이 아니었
다.

바로 아이작 본인이 자하르의 꿈을 타고 심상 공간 속으로
들어온 것이다.

그것이 어떻게 가능한 일인지는 알 수 없었다. 어떻게 해야
타인의 심상 공간 속으로 들어갈 수 있는지, 상식적으로 이해
하기 힘든 일이었다.

하지만 아이작이기에 자하르는 의문을 품지 않았다. 아이
작이라면 이보다 더한 일이라도 놀랄 일이 아니었다.

"남의 심상 속에는 무슨 일이지?"

자하르는 당장에라도 검을 휘두르고 싶은 마음을 억눌렀
다.

어차피 이곳에서 아이작을 죽인다 한들 득 볼 것 하나 없었
다.

허상뿐인 아이작을 죽여 봤자 그 본체는 전혀 타격을 받지
않을 테니 말이다.

반면, 이곳에서 아이작을 향해 검을 휘두른다면 밑천을 다
보여주는 꼴이었다.

자하르는 그런 멍청한 짓을 하느니 차라리 이 정도에서 수
련을 멈추는 것을 택했다.

"다른 볼일은 아니다. 안부 인사 정도라고 해두지."

"안부 인사? 우리가 그런 걸 나눌 정도로 각별한 사이던
가?"

"각별하다면 각별하지. 서로를 죽이지 못해 안달 난 사이
니까. 카르안 난 널 증오한다. 네놈만 아니었으면…."

"나만 아니었으면 뭐? 너 혼자 이 넓은 땅덩어리 다 해 쳐
드시려고? 개소리 집어치우고, 찾아온 용건이나 말해."

아이작의 말을 중간에 딱 잘라먹은 자하르가 아이작을 죽
일 듯 노려봤다.

자하르는 아이작이 자신의 심상 공간으로 들어온 것을 경
계하고 있었다.

심상 공간은 자하르의 정신력이 구현한 하나의 가상 세계
였다.

그곳을 이렇듯 자유롭게 넘나들 수 있다는 것은 곧 아이작의 정신력이 자하르를 뛰어넘었다는 뜻이다.

자하르는 지금껏 아이작에 비해 자신의 정신력이 뒤지지 않다고 생각했다. 아니, 오히려 앞선다 생각했다.

지금껏 아이작의 정신계 마법이 단 한 번도 자하르에게 먹혀들지 않았던 것이 그 증거였다.

하지만 이것으로 확인되었다.

과거에는 모르겠으나, 현재의 아이작은 자하르보다 월등히 정신력에서도 뛰어났다.

자하르에게 있어서 그 차이는 심각했다.

지금껏 자하르는 아이작과의 싸움에서 정신계 마법은 일체 고려하지 않았다.

애초에 통하지 않았기 때문이다.

하지만 아이작의 정신력이 자하르의 정신력을 뛰어넘은 지금, 자하르는 아이작의 정신계 마법까지 신경 써야 했다.

그리고 그것은 곧, 평형을 이루었다 생각한 아이작과 카르안의 힘의 균형이 깨어지는 것을 뜻했다.

그런 자하르의 속마음을 읽기라도 한 듯 아이작의 입가에 비릿한 미소가 스쳤다.

"약해졌구나."

아이작의 한마디에 자하르가 그대로 검을 내질렀다.

쏴악—

아이작의 몸이 그대로 베어졌다.

아니, 베어지는 듯했다.

자하르의 검은 아이작을 베지 못하고 그의 환영을 무너뜨렸을 뿐이었다.

"그만두어라. 잘 알지 않으냐? 이곳에 존재하는 난 내가 아니고, 내 모습을 취한 환영일 뿐이니."

"확인하고 싶었던 게 끝났으면 당장 꺼져."

아이작이 찾아온 목적은 이것이었다.

바로 자하르의 심상 공간을 통해, 자신의 정신력이 자하르의 정신력보다 위에 있다는 사실을 증명하고자 하는 것.

그것을 통해 이후에 있을 자하르와의 싸움에서 더욱 유리한 고지를 차지하는 것이었다.

자하르 역시 그 사실을 알기에 이를 뿌득 갈 수밖에 없었다.

"그럼 나중에 보도록 하지."

아이작의 몸이 서서히 흐려졌다.

휘익—

자하르가 검을 휘둘러 흐려지는 아이작의 몸을 반으로 쪼갰다.

"닥치고 꺼져."

얼마 안 가 아이작의 모습이 완전히 사라졌다. 미묘한 차이지만 자하르는 자신의 심상 공간으로 들어온 아이작이 사라졌다는 것을 알 수 있었다.

털썩.

자리에 주저앉으며 자하르가 한숨을 푹 내쉬었다.

"미치겠군."

자하르는 생각을 수정했다.

지금껏 자하르는 아이작과 다시 싸운다면 이전과 같지는 않겠지만 어느 정도 충분히 승산이 있을 것이라 생각했다.

하지만 방금 전의 일로 그 생각을 완전히 수정할 수밖에 없었다.

아이작은 흑마법사였다. 자하르가 알기로 흑마법은 크게 세 가지로 나뉘었다.

상대의 정신을 망가뜨리고 조종하는 정신계, 죽은자를 부리는 언데드계, 직접적인 마법으로 상대를 죽이는 공격계.

그리고 아이작은 그 세 가지 마법을 모두 다룰 수 있었다. 하지만 그중 아이작이 카르안과 싸울 때 사용한 마법은 공격계 마법 하나뿐이었다.

언데드계 마법은 하나같이 스켈레톤과 데스 나이트, 듀리안과 같은 소환물을 부리는 것을 주로 이루었다. 과거와 현재, 둘 모두 아이작은 언데드계 마법을 대륙과 전쟁을 벌이는 군대로 사용한 것이다.

언데드계 마법은 대륙군을 상대했고, 정신계 마법은 카르안에게 통하지 않았다.

결국 세 가지 계열의 마법 중 아이작이 카르안에게 사용한 마법은 공격계 마법 하나, 하지만 이제는 상황이 달라졌다.

아이작의 정신력이 자하르를 뛰어넘은 이상, 아이작이 사용할 수 있는 범위의 마법은 두 배가량 늘어난 것이나 다름없었다.

일 할.

새로운 변수에 조정된 자하르가 아이작을 이길 수 있는 확률이었다.

아니, 좋게 줘야 일 할이지, 사실상 이길 수 있는 확률이 거의 없다고 봐도 무방했다. 그 정도로 큰일이었다.

"아니, 방법이 아예 없는 건 아니지."

가부좌를 튼 채 바닥에 풀썩 주저앉은 자하르가 중얼거렸다.

방법이 아예 없는 것은 아니었다.

간단하게 생각하면 된다.

자신이 지금보다 더 강해지면 되는 것이다.

지금보다 더더욱.

하지만 생각처럼 그렇게 간단한 것이 아니었다.

그것은 단순히 실력을 늘리는 차원의 문제를 훨씬 더 넘어
서는 일이다.

이미 카르안 시절의 힘을 되찾은 자하르가 더 강해지기 위
해서는 지금까지 개척되지 않은 또 다른 경지를 개척하는 수
밖에 없었다.

불완전한 사람이 완전해지는 것과 완전한 사람이 더욱 완
전해지는 것에는 큰 차이가 있었다. 당연히도 후자가 훨씬 어
려웠다.

자하르는 이미 검이라는 도구에도, 공간에도 제약이 없었
다. 어떠한 상황에서도 어떠한 것이든 벨 수 있는 경지에 오
른 것이 바로 자하르였다.

그리고 그것을 유일하게 막을 수 있는 사람이 바로 아이작
이었고.

자하르는 카르안 시절부터 한 가지 생각하고 있던 것이 있
었다.

이미 육체적으로나, 정신적으로나 더 이상 성장할 곳이 없
을 정도로 강해졌다.

아니, 아이작을 통해 육체와 정신으로 끝을 본 게 아니라는
점은 분명히 확인했다.

그러나 현실적으로 봤을 때 마법사의 정신력과 검사의
정신력은 비교하는 것이 사실상 힘든, 서로 다른 영역의 것

이다.

그런 상황에서 정신과 육신, 두 곳에서 성장할 여지를 찾지 못한 자하르가 생각한 부분은 바로 마음, 즉 생각이었다.

강한 검사는 가슴에 칼을 품고 있다.

자하르는 그 말뜻을 완전히 이해하고 있었다.

실제로 자하르의 마음속에는 검과 비슷한 무언가가 존재했다.

자하르는 그것의 정체를 알 수 없었다.

카르안 시절부터 비롯해 자하르로 처음 환생했을 때부터 쭉 존재해 온 검이었다.

그것은 자하르에게 있어 이미 몸의 일부와 같은 무언가였다.

마음먹기만 하면, 즉 생각만으로도 무엇이든 벨 수 있는 검이 있다면 그것이야말로 진정한 검의 끝이 아닐까 하는 한 가닥 허황된 생각이 들었다.

마음의 검이란 그런 것이 아닐까 하는 생각. 하지만 그것은 점차 검을 알아갈수록 그리 허황되기만 한 생각이 아님을 깨달을 수 있었다.

이미 공간의 제약도, 강도의 제약도 받지 않는 자하르였다.

아무리 단단해도, 어디에 있더라도 벨 수 있었다.

이미 자하르의 검은 일반적인 검의 범주를 벗어나 있었다.

그런 상황에서 마음의 검이라고 있지 말라는 법이 있겠는가, 더군다나 이미 마음속에 한 자루 검을 품고 있는데.

검이란 검을 다루는 검사가 스스로 만들어 가가는 예술과도 같았다.

"마음의 검, 심검이라……."

자하르로 환생한 지난 몇 년간 묻어두고 있었던 난제.

자하르는 확신할 수 있었다.

이것을 얻으면 아이작을 이길 수 있다고.

아니, 얻지 못하면 아이작을 이길 수 없다고.

자하르는 수련의 방향을 돌려 검을 휘두르는 것을 멈추었다.

＊　　　＊　　　＊

그날 이후 자하르는 검을 놓았다.

검을 포기한 게 아니었다. 잠시 놓아주고, 쉬어주는 것이다.

자하르는 자신이 너무 검을 오래 잡았다고 생각했다.

더 앞으로 나아갈 수 없는 이유가 바로 거기에 있다고 생각했다.

지금은 무작정 검을 휘두르는 것보다는, 잠시 검을 놓아줄 필요가 있었다. 그리고 내면적 강함, 즉 정신적인 부분을 더 키워야 했다.

아이작과 싸우기 위해서.

손에서 검을 놓은 자하르는 심상 공간 속에서 자신의 더욱 깊은 내면을 들여다보았다.

그리고 검을 잡은 이후 처음으로 '생각' 이라는 것에 빠져들었다.

자하르는 야외 연무장을 통째로 빌린 채 그곳의 한가운데에서 가부좌를 틀고 있었다.

평소라면 검을 휘두르든, 심상 공간에 빠져들든 언제나와 같은 수련을 시작했을 것이다. 하지만 오늘 자하르는 조금 달랐다.

가부좌를 틀고, 아무것도 하지 않았다. 검은 아예 방에 두고 온 상태였다.

검을 놓았다. 그것을 결심하기까지가 그리 쉬운 일은 아니었다.

하지만 한번 결심하면 반드시 실천하고 마는 사람이 바로 자하르였다.

자하르는 생각에 잠겨 있었다.

그러나 평소처럼 어떻게 검술을 더 강하게 만들 수 있을까, 어떻게 하면 아이작을 이길 수 있을까, 하는 생각들이 아니었다.

그런 생각들은 평소에도 하고 있었다. 그리고 그 생각들은 언제나 한정되어 있었다.

조금 더 근본적인 생각. 지금껏 생각해 보지 못했던 전혀 다른 차원의 생각들이 필요했다.

'이게 맞는 건가?

갑작스럽게 떠오른 의문에 자하르는 고개를 저었다.

잡생각이 떠올라서는 안 된다. 자신의 생각에 더 이상 의심을 품어서도 안 된다.

'생각' 의 심화.

이것은 비단 얼마 전 갑작스럽게 내린 결정은 아니었다. 카르안 시절부터 필요성을 느껴온 하나의 결과물이었다.

"이상한 행동?"

병실에 누워 있던 류지 후작은 기별없이 찾아온 카빌리어 공작에게서 뜻밖의 소식을 접했다.

바로 자하르에 관한 소식이었다.

"예, 근래 매일같이 연무장에 들렀는데, 아무것도 하지 않왔다고 합니다."

"아무것도? 그게 무슨 소린가?"

"검을 휘두르는 것은 물론이고, 하루 종일 앉아서 무슨 생각을 하는지 도통 모르겠습니다. 더군다나 최근 며칠은 연무장에도 나오지 않았습니다."

카빌리어 공작의 말에 류지 후작이 눈살을 찌푸렸다.

마스터 정도 되는 검사라면 무작정 검을 휘두르는 것만이 능사가 아니었다.

분명 자하르처럼 명상을 통한 깨달음을 추구할 필요가 있긴 했다.

하지만 이렇게 몇날 며칠씩, 검을 아예 놓는 것은 특이한 경우였다.

더군다나 가까운 시일 내에 아이작과의 싸움을 앞둔 자하르라면 날카롭게 감각을 세우기 위해서라도 검을 잡을 필요가 있었다.

게다가 최근에는 그조차도 하지 않고 아예 연무장에 모습을 보이지 않는다니.

"자하르가 지금 어디 있는지 알 수 있나?"

"사람을 시켜 데려오도록 하겠습니다."

카빌리어 공작이 밖으로 나가 수하들에게 자하르를 찾아올 것을 명령했다.

불편한 자세로 병실에 누운 류지 후작이 불편한 심기를 표정에 그대로 드러냈다.

"도대체 무슨 생각인지……."

"얼핏 듣기로는 여기저기 기사들을 만나고 다닌다고 합니다."

"기사들을 만나?"

류지 후작이 고개를 갸웃거렸다.

자하르가 일반 기사들을 만나서 할 만한 일이 없었다. 그들에게 무언가 배울 점이 있는 것도 아니고, 대련한다고 해도 상대가 될 리도 없었다.

하등 도움이 될 것 하나 없는 일을 대체 왜 하는 것인지 이해가 되지 않았다.

"이상하군."

류지 후작은 한참을 생각했다.

고민에 빠진 류지 후작에게 카빌리어 공작은 말을 걸 수 없었다.

고민 속에서 한참의 시간이 지나고, 자하르를 찾으러 떠났던 카빌리어 공작의 수하가 돌아왔다.

"공작님, 자하르님을 모셔왔습니다."

"어서 모셔 오거라."

카빌리어 공작의 수락에 방문이 열리고 자하르가 들어왔다.

류지 후작은 방으로 들어온 자하르를 훑었다.

언제나 한 몸처럼 차고 다녔던 검이 없었다.

그 때문일까?

자하르의 모습이 상당히 낯설어 보였다.

"검을 놓은 게냐?"

류지 후작의 물음에 자하르가 고개를 저었다.

"그럴 리가요."

"그럼 왜 검을 버린 것이냐?"

직설적인 물음에 자하르는 대답하지 않았다.

카빌리어 공작과 류지 후작을 향해 고갯짓으로 양해를 구한 자하르가 한쪽에 자리한 소파에 몸을 묻었다.

"후작님, 그리고 공작님, 무례하지만 하나 질문을 드려도 되겠습니까?"

"질문? 뜬금없이 무슨 질문이냐?"

자하르는 류지 후작과 카빌리어 공작을 번갈아 봤다.

지금까지 수많은 기사들을 만나 보았다.

그중에는 마스터에 오른 뛰어난 검사도 있었고, 검에 막 입문한 수련기사도 있었다.

자하르는 그들에게 공통적으로 한 가지 질문을 해왔다.

"두 분이 검을 잡으신 이유가 무엇입니까?"

CHAPTER 11
종결

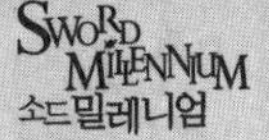

검을 잡게 된 계기.

혹은, 처음 검을 잡은 날.

검을 잡은 검사라면 누구에게나 있는 일이다.

자하르는 검을 놓았다.

그리고 생각과 동시에 하나의 단어를 떠올렸다.

―초심.

어떠한 계기로 검을 잡기 시작했으며, 처음 검을 잡았을 때의 느낌은 어떠했는지.

어떠한 마음가짐으로 검을 잡았는지.

얼마나 절박하게 강해지고 싶었는지.

그래서 물어보았다, 수백, 수천 명의 검사를 만나서.

왜 검을 잡았느냐는 물음에 그들은 거의 공통된 대답을 내놓았다.

'강해지고 싶어서.'

'기사가 되고 싶어서.'

'기사 가문에서 태어나서.'

'검이 좋아서.'

대략 이와 같은 대답들이 대부분이었다.

여기에 자하르는 전적으로 공감했다. 그 역시 그들과 크게 다르지 않았다.

카르안과 자하르, 둘 모두 기사 가문에서 태어나 기사가 되고자 했다.

그리고 검을 좋아했으며, 강해지고자 했다.

하나 틀린 말이 없었다. 모두 자하르가 검을 잡았던 초심이라고 할 수 있었다.

하지만 그 대답들은 하나같이 자하르의 마음에 들지 않

았다.

너무 뻔했기 때문이다.

자하르는 가슴 위로 손을 얹었다.

최근 가슴속에 품고 있는 검이 더욱 선명해졌다.

자꾸 의식을 해서 그렇게 된 것인지, 아니면 최근 일들 때문에 무언가 변화가 생긴 것인지는 아직 확실히 알 수 없었다.

하지만 이런 변화가 자하르는 나쁘게 여겨지지 않았다.

지금껏 있는지 없는지조차 몰랐던 검이 선명해지고 있었다. 조금만 노력하면 이제 움직일 수도 있을 것만 같았다.

'그렇게만 되면……'

가슴을 힘껏 쥐어뜯으며 자하르가 눈을 감았다.

반드시 움직이고 말 것이다.

한 발 더 나아가기 위해서.

천 년을 넘은 이 싸움의 종지부를 찍기 위해.

＊　　　＊　　　＊

연합군은 열흘간의 정비를 가졌다.

프랑크 왕국과의 전쟁은 생각보다 그리 어렵지는 않았다.

흑마법사들의 우두머리라고 할 수 있었던 플루토가 없었

고, 빠르게 로크를 제압한 자하르가 합류해 실력이 뛰어난 흑
마도사들을 제거했기 때문이다.

하지만 대대적인 전쟁의 끝에다가 여러 마스터들의 죽음
으로 인해 연합군은 열흘가량의 준비를 가졌다.

그동안 류지 후작을 비롯한 부상당한 마스터들은 몸을 추
슬렀고, 자하르는 나름대로 고민을 가졌다.

열흘이 지나자 연합군의 출정이 시작되었다.

프랑크 왕국에는 극히 소수의 병력이 남았다.

아직 연합군은 백만에 가까운 거대한 병력을 가지고 있었
다.

수많은 정예병들을 비롯해 기사들과 마법사들, 마스터들
까지 포함되어 있는 아이작의 언데드 군단과 싸우기에 부족
함이 없는 군대였다.

문제는 아이작이었다.

언데드 군단은 아이작의 흑마나로 만들어진 피조물이었
다.

즉, 아이작이 살아 있다면 언제든지 부활할 수 있는 군대인
것이다.

연합군의 목적은 언데드 군단의 섬멸이 아닌, 언데드 군단
을 뚫고 들어가 아이작을 죽이는 것이었다. 그리고 그 역할을
맡은 사람이 바로 자하르였다.

"후우."

한숨을 길게 뱉으며 자하르가 눈을 떴다.

자하르는 연합군에 끼어 크란 제국으로 향하고 있었다.

마차에 몸을 실은 채, 심상 공간에 빠져들어 있었다.

근 몇 달 사이 아이작은 크란 제국을 완전히 자신의 발아래 두었다.

대륙에 본격적으로 모습을 드러내기 시작한지 일 년도 되지 않아 대륙의 삼분지 일을 집어삼켜 버렸다.

아이작은 과거보다 강해졌다.

반면 자하르 자신은 과거와 별반 달라진 것이 없다. 그 차이가 자하르에게 뼈저리게 다가왔다.

"어떻게 해야 움직일 수 있는 거지?"

자하르는 마음속 한쪽에서 미동조차 하지 않는 검을 느끼며 답답한 가슴을 부여잡았다.

이 검을 느끼기 시작한 것이 벌써 몇 년인지 모른다.

카르안으로 살아가던 시절까지 합하면 이 검을 느낀 지 근 십오 년에 가까웠다.

근래에 들어 얻은 깨달음이 꽤 있었다.

그중 대표적인 예가 바로 초심이었다.

처음으로 돌아가라. 이 하나의 주제를 가지고 어마어마한 시간을 들여 마음속으로 되새기고 또 되새겼다.

하지만 십오 년에 가까운 그리 짧지 않은 시간이 지난 지금까지도 마음속의 검은 여전히 요지부동이었다.

초심.

마음속의 검.

자하르는 잠시 눈을 감았다.

언제나처럼 생각하고, 그 생각을 정리했다.

벌써 열흘째였다.

잠시 검을 놓고, 사람들과 대화하고 그들의 대화를 통해 얻은 것들을 자신의 생각과 접목했다.

초심, 그 하나의 과제를 가지고 말이다.

덕분에 변화가 생기긴 했다. 조금씩 검이 움직이기 시작한 것이다.

하지만 이상하게도 지금껏 그 이상의 변화는 나타나지 않고 있었다.

그때, 한참을 눈을 감고 있던 자하르의 머릿속에 불현듯 하나의 생각이 떠올랐다.

스윽—

눈을 뜬 자하르가 위를 향해 손을 들었다.

"무초식."

휙—

휘리릭—

손이 허공을 베었다.

무작위로 허공을 베어가는 손은 그 어떤 검보다도 날카로웠다.

쐐액—!

손이 수직으로 허공을 내려쳤다.

공간이 쩍, 하고 갈라지며 이질적인 아지랑이를 만들었다.

"움직였다."

자하르의 입가에 씩 미소가 번졌다.

드디어 움직였다.

약간이지만, 분명 움직였다.

마지막 순간 자신의 손이 움직이는 것과 동시에 마음속의 검이 함께 움직이는 것이 느껴졌다.

"너무 되돌아갔어."

지금껏 자하르는 잘못 생각하고 있었다.

초심이라는 과제가 잘못된 것이 아니었다.

그 과제에 너무 집착한 나머지 되돌아가지 말아야 할 곳까지 되돌아가 버렸다.

자하르가 사용하는 검은 무초식이었다.

자하르는 마스터로 살아오면서 검술의 필요성을 점차 잃어갔고 결국에는 검술을 버리기에 이르렀다. 그 결과 깨달음을 얻어 검술을 버리고 무초식이라는 검술 아닌 검술을 사용하게 되었다.

자하르가 찾아야 할 초심은 검을 잡았던 순간이 아니었다. 자하르가 나아가야 할 방향은 검술을 버린 길의 연장선이었다.

결국 자하르의 초심은 검술을 버렸던 그 순간이기도 했다.

"검술을 버렸으니, 다음은 검을 버릴 차례인가?"

갑작스레 떠오른 생각에 자하르가 고개를 저었다.

"너무 앞서 나가지 말자."

막 검을 움직일 수 있게 되었을 뿐이다.

이제는 그 검을 더욱 자유자재로, 자신의 일부분처럼 사용할 수 있도록 해야 했다.

그 과정은 결코 쉽지 않을 것 같은 예감이 들었다. 마음의 검은 지금껏 겪었던 그 어떤 과정보다도 더욱 심오한 무언가였다.

"이제… 시작이다."

*　　*　　*

출정 이후, 자하르는 외부와의 교류를 완전히 끊었다.

검을 움직일 수 있게 된 직후였다.

한 번 움직인 검은 거짓말처럼 자하르의 뜻대로 움직여 주었다.

문제는 그것을 다루는 것이었다.

움직이는 것과 그것으로 무언가를 베는 것에는 큰 차이가 있었다.

마음속의 검을 외부로 구현해, 원하는 것을 베어내기까지는 어마어마한 집중력과 정신력이 필요했다.

한 번 사용하면 자하르도 녹초가 될 정도였다.

하지만 그 힘만큼은 진짜였다.

무엇이든 벨 수 있는 검. 자하르는 지금까지 그 뜻을 '어떤 단단한 방패' 라도 벨 수 있는 검 정도로 생각했다.

그것은 큰 착각이었다. 자하르가 움직이고 있는 검은 보다 근본적인 것을 벨 수 있었다.

'영혼을 베는 검.'

자하르는 비로소 마음의 검의 본질을 깨달았다.

마음의 검은 어떠한 것도 벨 수 없었다. 단단한 방패는 물론이고, 실 한 가닥 자를 수 없는 검이 바로 마음의 검이었다.

하지만 마음의 검은 생명의 영혼을 벨 수 있었다.

영혼은 생명의 가장 내면 깊숙한 곳에 자리 잡은 본질이었다.

이것은 숨이 끊어져도 계속해서 지속된다.

대표적으로 아이작과 자하르는 이미 죽은 후에도 부활했

다. 그것은 영혼이 살아 있기에 가능한 일이었다.

스켈레톤과 데스 나이트 등의 언데드들도 마찬가지다.

자하르는 내심 이런 생각을 했다.

아이작을 죽인다 해도, 다시 부활하지 않을까 하는.

이미 한 번 죽음을 극복한 아이작이다. 두 번이라고 하지 말라는 법은 없었다.

하지만 이 검이라면 그런 걱정은 없었다.

영혼 자체를 베는 검이니까.

환생이라는 개념 자체가 성립할 수 없으니까.

"기회는 한 번."

자하르는 아직까지 마음의 검을 제대로 다루지 못했다.

온 집중력과 정신력을 쏟아붓는다 하더라도 기회는 한 번 정도.

그나마도 정확도는 그리 높지 않았다.

영혼을 베는 일은 그리 간단하지 않았다. 가장 먼저, 타인의 영혼이 볼 수 있어야 하는 일이었다.

"도착했다."

그란데 백작의 목소리였다.

자하르는 집중을 깨고 닫았던 눈꺼풀을 벗겼다.

마차 밖으로 나가자 수많은 기사들이 그 주위를 지키고 있었다.

"생각보다 빠르네요."

"저길 보거라."

오랜만에 마차에서 나온 자하르가 그란데 백작이 가리키는 방향으로 시선을 돌렸다.

크란 제국의 국경이 보였다.

동시에 성벽 안쪽으로 짙은 흑마나가 느껴졌다. 수천에 가까운 언데드 군단들에게서 느껴지는 흑마나였다.

수천. 그리 적다고 할 수 없는 수였다. 하지만 백만의 언데드 군단을 부리는 아이작에게는 별것 아닌 일부일 뿐이었다.

아마 대부분의 언데드 군단은 수도에 있을 터.

자하르와 연합군이 도착해야 할 목적지이기도 했다.

"괜찮은 무대군."

오히려 잘됐다는 생각이 들었다.

지금 당장 아이작을 만난다 하더라도 아이작의 영혼을 벨 수 있다는 확신은 아직 없었다.

아직 마음의 검이 익숙하지 않기 때문이다.

스켈레톤들을 비롯한 언데드들은 영혼과 육체로 이루어진 아이작의 피조물이었다.

그들의 영혼을 대상으로 검에 익숙해질 필요가 있었다.

"갑시다."

*　　　*　　　*

연합군은 국경에서부터 언데드 군단을 차근차근 제거해
나갔다.

처음 언데드 군단을 마주한 연합군은 살아 움직이는 뼈인
스켈레톤을 보며 겁에 질렸다.

하지만 기사들이 몸소 나서 스켈레톤들 역시 검으로 베어
내면 결국 죽는다는 것을 알려주었고, 시간이 지남에 따라 연
합군은 안정을 찾아갔다.

그중 자하르는 데스 나이트를 찾아다녔다.

어차피 스켈레톤들은 일반 병사들이나 기사들이 충분히
상대할 수 있었다.

그보다 강한 듀라한이나 스켈레톤 나이트, 메이지와 같은
상위 언데드도 있었는데 그것들 역시 기사들이 상대가 가능
했다.

문제는 데스 나이트였다.

최상급 언데드인 데스 나이트는 마스터가 아니고서는 상
대할 수 없었다.

게다가 일반 스켈레톤들로는 제대로 된 연습도 되지 않았
고 말이다.

―따닥. 따다다다닥.

자하르의 앞으로 기사 복장을 한 사람이 잇몸을 빠르게 부딪치고 있었다.

스켈레톤들과는 달리 뼈와 살로 이루어져 있으며 강철보다 단단한 몸을 가진 언데드, 데스 나이트였다.

아무리 데스 나이트가 강하다 해도 자하르는 데스 나이트를 단숨에 제압할 수 있는 실력을 가지고 있었다.

그럼에도 자하르는 데스 나이트를 베지 않고 그를 뚫어져라 바라봤다.

—키리릭!

한참 자하르를 바라보던 데스 나이트가 그를 향해 달려들었다.

순식간에 자하르의 앞으로 다가온 데스 나이트가 빠르게 검을 내질렀다.

슈욱—

데스 나이트의 검이 자하르의 옆을 스치고 지나갔다.

쉴 틈을 주지 않겠다는 듯, 데스 나이트는 검을 쥐지 않은 반대쪽 손을 내질렀다.

콰앙—!

자하르가 데스 나이트의 손을 피하자 목표를 잃은 데스 나이트의 손이 그 뒤쪽의 건물을 두드렸다.

부딪힌 건물의 한쪽이 검게 변하더니 이내 우르르 무너져 내렸다.

데스 나이트의 피부는 그 어떤 독보다도 위협적인 짙은 흑마나로 이루어져 있었다.

자하르는 데스 나이트의 뒤로 돌아갔다. 당장에라도 검을 뽑아 내지르면 될 터인데, 자하르는 그러지 않고 데스 나이트의 등을 바라봤다.

막 데스 나이트가 자하르를 발견하고 다시금 검을 내지르려고 했을 때였다.

지금껏 팔짱을 끼고 있던 자하르가 팔짱을 풀고 손가락을 움직였다.

쉬익—

—키에에엑!

갑작스레 데스 나이트가 머리를 부여잡으며 고통스러운 비명을 질렀다.

비명은 오래가지 않았다.

곧 데스 나이트가 바닥에 힘없이 풀썩 쓰러졌다.

"후우—"

데스 나이트의 영혼을 벤 자하르의 이마에서 식은땀이 흘렀다.

마음의 검을 움직이는 것과 영혼을 보는 것, 두 가지만으로도 어마어마한 집중력과 정신력이 필요했다.

무엇보다 영혼을 보는 것은 무척 어려웠다. 상대가 강하면 강할수록 영혼은 더욱 내면 깊숙한 곳에 자리 잡고 있기 때문이다.

당장 데스 나이트만 하더라도 그 속에 존재하는 영혼을 들여다보기가 그리 쉽지 않았다.

처음 데스 나이트를 상대로 연습을 시작했을 때에는 한참의 시간이 걸렸다.

"그래도 이제 좀 익숙해졌군."

자하르는 바로 옆으로 지나가는 스켈레톤을 향해 손가락을 움직였다.

덜컥—

스켈레톤의 몸이 그대로 허물어졌다.

처음과는 달리, 이제는 스켈레톤의 영혼은 굳이 의식하지 않더라도 볼 수 있었다.

스켈레톤뿐만이 아니었다. 어지간한 사람들은 보기만 해도 영혼이 보였다.

데스 나이트나 마스터에 오른 검사들의 영혼은 시간을 들여 집중하면 볼 수 있었다.

때문에 마음의 검을 사용할 수 있는 횟수의 제한도 각기 달랐다.

일반 스켈레톤들을 베는 것이라면 백 번도 문제없었다.

하지만 마스터급에 달하는, 데스 나이트의 경우에는 네다섯 번 정도면 지쳐서 쓰러질 정도였다.

물론 그조차도 처음에는 하루에 한 번 정도면 녹초가 되곤 했으니 꽤나 발전했다고 할 수 있었다.

"생각보다 빠르게 늘고 있어."

처음 검을 움직이는 것이 문제였지, 한 번 움직이기 시작하니 익숙해지는 것은 금방이었다.

"그래도 아직……."

익숙해지면 익숙해질수록 알 수 있었다.

이 정도로는 아이작을 죽일 수 없다는 것을.

고작 데스 나이트 정도만 하더라도 이 정도로 힘들었다.

차라리 효율로만 보자면 그냥 검을 뽑는 것이 나을 정도였다.

심검을 완전히 자유자재로 다룰 수 있게 되어야 했다. 아이작의 내면을 들여다 볼 수 있을 정도로.

"부탁해 볼까?"

＊　　　＊　　　＊

연합군은 언데드 군단을 빠르게 휩쓸며 제국의 수도로 전진했다.

국경에서부터 수도까지 가는 길에는 언데드 군단이 그리 많지 않았다.

수도에 거의 도착한 지금까지 만난 언데드 군단을 모두 합하더라도 십만도 채 되지 않았다.

아마도 대부분의 언데드 군단은 수도에 모여 있을 것이다. 아이작 역시 연합군, 그리고 자하르와의 결판을 그곳으로 정한 모양이었다.

자하르 혼자서만 지금껏 데스 나이트 총 다섯을 상대했다. 그리고 그 모두의 영혼을 베어냈다.

그 덕에 처음보다 심검을 다루는 실력이 훨씬 늘었다.

하지만 자하르는 만족하지 못했다. 더욱더 강한 상대가 필요했다.

그리고 그 상대는 정해져 있었다.

"부탁? 이번엔 무슨 부탁이냐?"

자하르가 찾아간 사람은 바로 그란데 백작이었다.

연합군에서 자하르를 제외하고 세인트급 마스터에 오른 유일한 인물.

그라면 지금까지의 결과물을 확인하기에 부족함이 없었다.

"수련을 도와주세요."

"수련을 말이냐?"

그런데 백작이 조금 당황한 표정을 지었다.

"진심으로 하는 말이냐?"

"네."

"흐음."

슈악—

쩡—!

그런데 백작의 검이 자하르를 내려쳤다.

반사적으로 검을 뽑아 든 자하르가 그란데 백작의 검을 쳐
냈다.

"이 정도면 알지 않으냐? 이미 네 실력은 내가 어떻게 도와
줄 수 있는 경지가 아니다."

"다릅니다. 제가 도와달라고 하는 것은, 이런 칼부림이 아
닙니다."

"그럼?"

"양해를… 구하는 겁니다. 어쩌면, 아버지가 죽을 수도 있
으니까요."

"양해?"

그란데 백작이 황당하다는 표정을 짓더니 이내 큰 소리로
폭소를 터뜨렸다.

"푸하하하하하하!"

"왜 그러십니까?"

"그런 거라면 미안한 표정 지을 것 없다. 검사에게 있어서
죽음이란 언제나 생각하고 있어야 할 길동무 같은 것이니. 더
욱이 아이작을 상대해야 할 네 수련을 도울 수 있다면 망설일
필요가 있겠느냐?"

호탕한 말이었다.

잠시 잊고 있었다, 그란데 백작은 죽음 따위를 두려워 할
인물이 아님을.

그는 오히려 자하르의 실력을 제대로 볼 수 있다는 사실에
기꺼워 할 인물이었다.

그란데 백작의 대답에 자하르가 씩 웃었다.

마음이 한결 편해졌다.

"그럼, 시작하겠습니다."

"오냐."

그란데 백작은 습관처럼 검을 겨누었다.

하지만 반대로 자하르는 뽑았던 검을 도로 집어넣었다.

"뭣하는 게냐?"

"망설이지 말고 공격하세요."

"검을 뽑아라."

"말하지 않았습니까? 제가 원하는 건 단순한 칼부림이 아
니라고요."

단호한 자하르의 말에 그란데 백작이 잠시 고민하더니 대

답했다.

"그럼, 망설이지 않고 가마."

슈욱—

콰아아아아—!

그란데 백작의 검이 자하르를 향해 쇄도했다.

판타즘 검술이 극에 이른 그란데 백작의 검은 순식간에 수백 갈래로 나뉘어졌다.

검의 파도가 자하르를 덮쳤다. 단순히 환영이라고 치부할 수 없는 환영들이었다.

자하르는 그것들을 일일이 피해내며 그란데 백작의 실체를 똑바로 응시했다.

'보이지 않는다.'

예상대로였다.

데스 나이트도 꽤 시간을 들여야 영혼을 볼 수 있었다.

그란데 백작은 세인트급 마스터였다. 그런 그란데 백작의 영혼을 보기가 그렇게 쉬울 리 없었다.

자하르는 한참을 그란데 백작의 검을 피해 다녔다.

세인트급 마스터에 오른 그란데 백작의 검을 피하며, 동시에 그의 내면을 들여다보기란 그리 쉽지 않은 일이었다.

어마어마한 집중력과 정신력을 필요로 하는 일이었다.

이마에 서서히 식은땀이 흐를 즈음, 자하르는 서서히 그란데 백작의 내면을 들여다 볼 수 있었다.

그러자 이상한 것이 보이기 시작했다.

'뭐지?'

평소에 자하르가 보는 사람들의 영혼은 그야말로 주먹만 했다.

영혼의 크기는 대상에 따라 달랐다.

손톱만 한 크기부터 데스 나이트나 마스터급 검사들은 주먹만 하기도 했다.

하지만 그란데 백작은 전혀 달랐다. 크기 이전에 온몸이 영혼으로 이루어져 있었다.

'어떻게 된 거지?'

무엇인가 잘못되었다는 생각에 자하르는 계속해서 그란데 백작의 내면을 들여다보고자 애썼다.

그리고 마침내 보였다.

또한 알 수 있었다.

왜 그란데 백작이 하얗게 보였는지.

그리고 세인트급 마스터라는 경지가 어떤 경치인지.

"이런 말도 안 되는……."

자하르는 머릿속에 떠오른 가설을 확인하고자 손을 들었다.

그러자 거짓말처럼 그란데 백작의 공세가 멈추었다.

“…뭘 한 게냐?”

자하르는 그런데 백작이 심하게 당황했다는 것을 알 수 있었다.

그런데 백작은 자하르가 손을 든 순간, 소름이 끼칠 정도로 섬뜩한 무언가를 느꼈다.

목에 칼이 들어오더라도 그런 느낌은 아닐 것이다. 죽음 이상의 무언가가 느껴졌다.

“방금 전 그건 무엇이냐?”

“아무것도… 아닙니다.”

자하르는 자신이 깨달은 것을 그런데 백작에게 말해야 할지 고민했다.

하지만 아직은 이르다고 판단했다. 아니, 말한다 해도 믿지 못할 것이 분명했다.

자신이 깨달았음에도 정작 아직까지 이것이 정답인지 헷갈릴 정도였으니 말이다.

검사의 근본이 되는 검.

그리고 마나.

세인트급 마스터라는 경지.

그 의미를 한꺼번에 깨닫고 나니, 머릿속이 혼란스러워 미칠 지경이었다.

‘신이 되는 길.’

검이라는 도구와 마나.

그것은 인간이 신이 되기 위한 길을 개척하기 위한 방편이었다.

그리고 세인트급 마스터는 인간의 영혼이 비로소 인간을 벗어나 신과 근접한 경지였다.

그리고 심검이란 바로…….

'신을 베는 검.'

＊　　　＊　　　＊

수도의 성문을 활짝 열려 있었다.

크란 제국의 수도는 그 자체만으로도 철옹성이라고 할 수 있었는데, 공성을 하지 않아도 된다는 점은 연합군에게 있어서 큰 희소식이었다.

다음 날, 연합군은 활짝 열려 있는 수도의 성문을 향해 모든 기사들과 병사들을 이끌고 출정했다.

"오싹오싹하군."

수도에 들어선 그란데 백작은 피부를 찌르는 흑마나에 몸을 떨었다.

아직까지는 조용했다. 언제나 언데드는 숨어 있다가 갑작스레 등장했다.

긴장을 늦출 수 없었다.

철컥—

금색으로 빛나는 중갑을 걸친 한 무리의 기사가 황성 쪽에서 걸어왔다.

그들을 본 그란데 백작의 눈이 반짝 빛났다.

"근위 기사단인가?"

크란 제국의 근위기사단.

총 백 명으로 구성되어 있고 하나하나가 강갑에 오른 기사들이었다.

그들 모두가 아이작에 의해 데스 나이트가 되었다.

다시 말해 총 백 구에 이르는 데스 나이트가 모습을 드러낸 것이다.

구오오오오오—

끼리리리릭—

그때, 수도 전체에 퍼져 있던 흑마나가 요동쳤다.

그와 동시에 지면에서부터 새하얀 뼈로 이루어진 손이 뻗어 나왔다.

지금까지 거쳐 온 영지들과는 달랐다.

수도 전체에 걸쳐, 그 수를 짐작하기도 힘들 정도의 스켈레톤들이었다.

백만의 언데드 군단.

백 구의 데스 나이트.

과거 대륙을 진동시킨 아이작의 언데드 군단이 눈앞에 나타난 것이다.

"이건… 좀 무섭군."

그란데 백작이 말에서 내리며 검을 뽑았다.

백 구에 이르는 데스 나이트는 세인트급 마스터에 오른 그조차도 떨릴 정도였다.

과연 저 많은 데스 나이트를 다 쓰러뜨릴 수 있을지.

그란데 백작의 뒤로 연합군의 모든 마스터들이 뒤를 이었다.

막 싸움이 시작되려는 그 때였다.

철컥―

그그그그―

백 구의 데스 나이트가 자리를 이동하더니 양 갈래로 나뉘어졌다.

순식간에 데스 나이트들의 사이로 길이 만들어졌다.

마치 지나가라는 듯이.

연합군이 어리둥절해 있는 사이, 자하르가 앞으로 나섰다.

"어딜 가는 게냐?"

"절 부르는 겁니다, 아이작이."

"널 부른다고?"

그란데 백작이 이해할 수 없다는 표정을 지었다.

자하르와 아이작의 관계를 알지 못하는 그로서는 당연한 반응이었다.

자하르는 그란데 백작을 뒤로하고 데스 나이트들의 사이로 걸어갔다.

"위험……."

막 말을 꺼내던 그란데 백작이 입을 다물었다.

정말로 거짓말처럼 데스 나이트들은 움직이지 않았다. 그들이 준비해 놓은 길의 주인이 자하르임을 확인하는 순간이었다.

자하르가 길을 지나갔다.

그러자 데스 나이트들이 다시 한데 뭉치며 연합군의 앞을 막아섰다.

"허어……."

자하르의 뒷모습을 바라보던 그란데 백작이 고개를 저었다.

여러 생각이 들었지만 한가로이 잡생각을 늘어놓을 틈이 없었다.

자하르를 뒤로 보낸 데스 나이트들을 달려들고 있었기 때문이다.

"살아서 보자, 아들아."

                    *   *   *

터벅—

자하르가 지나가는 길을 모든 언데드들이 비켜주었다.

아이작의 뜻이었다. 아이작은 자하르를 한시 바삐 만나고 싶어 했다.

그 덕에 자하르는 별다른 수고 없이 황성에 도착할 수 있었다.

황성은 지금까지 지나온 그 어떤 길보다도 짙은 흑마나로 깔려 있었다.

어지간한 사람은 황성에 발을 들이는 것만으로도 흑마나에 질식당해 죽을 정도였다.

자하르는 황성에 도착하자마자 소리쳤다.

"아이작!"

오러를 가득 담은 외침은 넓은 황성 전체에 쩌렁쩌렁 울렸다.

못 들었을 리 없음에도 불구하고 아이작은 한동안 나타나지 않았다.

스릉—

슈우우우악—!

검을 뽑아 든 자하르가 허공을 향해 검을 내질렀다.

오러의 검격이 짙은 흑마나를 가르며 날아갔다.

그때, 검격이 날아간 자리가 흐릿하게 일그러지며 이내 자하르의 앞으로 검은 인영이 나타났다.

"다행히 실력은 녹슬지 않았구나."

"오랜만이다, 개 같은 자식아."

서걱―

자하르는 그대로 아이작을 향해 다시금 검을 휘둘렀다.

눈 깜짝할 사이 날아간 검격은 이번에도 아이작을 베지 못했다.

환영처럼 흩어진 아이작이 전혀 다른 장소에서 나타난 것이다.

"그런 검으로는 날 베지 못한다는 것, 잘 알지 않으냐?"

"알지. 그냥 네 면상을 보니 검을 휘두르지 않고는 참기가 힘들어서."

당장에라도 아이작을 향해 달려들어 검을 휘두르고 싶은 마음이 굴뚝같았다.

하지만 그런 검으로는 아이작을 벨 수 없었다. 잘해봐야 아이작과 같이 죽는 정도일 것이다.

자하르는 그런 결말을 바라지 않았다. 아이작과의 승부는 확실하게 해두고 싶었다.

아이작을 죽이든지, 자신이 죽든지.

그리고 당연히도 이기는 쪽은 자신이 되고 싶었다.

"그래, 날 이길 방법은 찾았나?"

"……."

"지금까지의 너로는 날 이길 수 없다. 그건 너 역시 잘 알지 않나, 카르안?"

자하르 역시 느끼고 있었다.

지금의 아이작이 과거의 아이작과는 다르다는 것을.

아이작은 생각했던 것보다 더 강해졌다.

플루토의 힘뿐만 아니라 꽤나 많은 흑마법사들의 힘을 흡수한 모양이었다.

"어쩐지, 프랑크 왕국에서 일이 너무 쉽더니만."

"플루토인지 하는 녀석이 꽤 괜찮은 마법을 만들었더군."

"로크와 바알의 힘은 왜 흡수하지 않았지? 조무래기들 몇보다는 그 둘이 훨씬 나을 텐데?"

"흑마법사와 검사의 마나는 본질적으로 다르다. 아무리 그 둘이 강하다고 해도 오히려 내게는 독이 될 뿐이지."

"그런가?"

마법사와는 관점이 다르다 보니 자하르는 아이작이 하는 말을 완전히 이해할 수 없었다.

그가 이해할 수 있는 것은 아이작이 상당수의 흑마법사들,

흑마도사들의 힘을 자신의 것으로 만들어 과거보다 더욱 강해졌다는 것이다.

물론 그 차이는 그렇게 크지 않았다.

기껏 해봐야 거대한 강물에 조금씩 물잔의 물을 옮겨 담는 정도였다.

하지만 자하르가 느끼기에 아이작의 힘은 과거보다 반 배가까이 더 강해졌다.

"대체 몇이나 죽인 거냐?"

"세어보지 않아서 잘 모르겠군. 대략 십만 정도 되던가?"

"십만. 많이도 처먹었군."

흑마법사 십만 명분의 흑마나.

상상도 하기 어려운 수치였다. 아마도 아이작은 자신의 이름으로 흑마법사들을 한곳에 몰아넣은 후, 그들의 힘을 한꺼번에 흡수했을 것이다.

치가 떨리는 일이었다.

죄책감 따위는 바라지도 않았지만 자신을 따르는 수족들을 어찌 십만 명이나 죽일 수 있단 말인가.

"넌 역시 저질이야."

"그 말, 오랜만이군."

구우우우우—

황성 전체가 흔들렸다.

아니, 수도 전체가 흔들렸다는 말이 맞았다.

이미 전생에도 한 번 본 적이 있었던 마법이었다.

"뭐하는 짓이지?"

"어스퀘이크(Earthquake)."

대지진 마법.

보통의 마법사라면 이 정원 정도 규모를 흔드는 것이 전부일 것이다.

하지만 아이작이 발현한 마법은 차원이 달랐다.

그야말로 자연재해급의 범위로, 보통의 지진보다 더욱 강력한 위력이 펼쳐졌다.

물론 지진 정도로 자하르를 어떻게 할 수는 없었다.

그럼에도 아이작이 가장 처음 이 마법을 펼친 이유는 하나였다.

"귀찮은 녀석들은 가장 먼저 처리해야지."

"빌어먹을 녀석."

연합군.

언데드 군단을 상대하러 온 연합군은 평범한 병사들이 대부분이었다.

그들이 거대한 규모의 지진에서 살아남기란 기대하기 힘든 일이었다.

물론 아이작의 언데드 군단 역시 마찬가지겠지만 언데드

군단은 언제든지 부활할 수 있었다.

"자, 그럼 본격적으로 시작해 볼까?"

화악—

자하르의 주위로 검은 불꽃이 궤적을 그렸다.

평범한 불꽃이 아니었다. 한 번 겪어보아서 알 수 있었다.

절대 꺼지지 않는 불꽃. 꺼뜨릴 방법도, 열기를 피할 방법도 없었다.

불이 닿지도 않았는데 타는 듯한 열기가 자하르에게 전해졌다.

"흐읍."

자하르는 강갑을 최대한 끌어 올렸다. 그러자 열기에서 한결 자유로울 수 있었다.

여기서 끝이 아니었다. 검은 불꽃은 단순히 무대를 만드는 것에 불과했다.

스스스—

파팟—!

자하르가 황급히 몸을 날렸다.

직후, 방금 전까지 자하르가 있던 공간이 심하게 일그러졌다.

꾸드드득—

공간이 구겨졌다.

자하르는 가슴을 쓸어내렸다.

공간 자체를 우그러뜨리는 아이작의 마법은 어떤 준비 동작도, 이상 징후도 없었다.

조금이라도 집중력을 잃는다면 아차 하는 순간 공간과 함께 몸이 우그러질 것이다.

“제법이다.”

“아직 카르안 안 죽었다.”

자하르는 검을 다시 검집에 꽂았다.

아이작이 의아한 표정을 지으며 자하르를 바라봤다.

“무엇하는 거지?”

“이따가 보면 알아.”

자하르는 눈을 감으며 집중력을 높였다.

어차피 아이작의 공격은 눈으로 보고 피하는 것이 아니었다.

온전히 직감으로, 자신의 감각을 믿고 움직여야 했다.

꽈드드득—

다시 한 번 공간이 일그러졌다.

자하르는 이번에도 피해냈다. 눈을 감은 덕인지 집중력이 서서히 높아지고 있었다.

그렇게 집중력이 최고조에 이르렀을 때,

스윽—

자하르의 눈이 떠지며 아이작을 바라봤다.

'보인다!'

다시금 눈을 뜬 자하르의 시선에 비친 아이작은 지금까지와 전혀 달랐다.

그런데 백작이 하얀 도화지처럼 보였다면 아이작은 온통 검게 보였다.

그것이 검사와 마법사의 차이인지, 아니면 흑마법사이기 때문인지는 알 수 없었다. 하지만 분명한 것은 드디어 '보이기' 시작했다는 것이다.

'벨 수 있을까?'

처음으로 든 생각이었다.

지금껏 영혼을 보기만 했으면 그것을 베기는 무척 쉬웠다. 심검은 피할 수 있는 검이 아니었으니까. 그렇기에 이런 생각은 한 번도 해본 적이 없었다.

하지만 막상 벤다고 생각하니 뭐랄까, 무서운 느낌이었다.

"네놈, 재미있는 짓을 하는구나."

아이작의 표정이 변했다.

지금껏 내내 여유롭던 아이작은 섬뜩한 느낌에 분위기를 돌변시켰다.

"이만 끝내주마."

쿠구구구구—

쩍― 쩌저저저저적―

공기가 변했다.

으그러지고 있었다. 지금껏 작은 공간을 우그러뜨린 것과는 전혀 달랐다.

황성 전체가 으깨질 것이다.

피할 곳은 없었다. 피하려면 진작 피했어야 했다.

아이작을 보느라 집중하고 있던 자하르는 그 타이밍을 놓쳤다.

이제 남은 것은 둘 중 하나였다.

자하르가 아이작을 베거나, 아이작의 손에 자하르가 으깨지거나.

'베야 한다.'

자하르 역시 그것을 알기에 이번이 마지막이라 생각했다.

베지 못하면 죽는다.

그렇게 생각하니 되레 마음이 편안해졌다. 마지막이라는 생각이 이토록 편안할 줄은 몰랐다.

스윽―

자하르의 심검이 아이작을 짚었다.

아이작은 피할 수 없었다. 심검은 절대 피할 수 없었다.

그것을 아이작 역시 알고 있기에 자신이 죽기 전에 자하르를 죽이고자 하는 것이었다.

"죽어라!"

꽈드드드득—

아이작을 제외한 황성의 모든 공간이 일그러졌다.

"내가… 좀 더 빨라."

자하르의 손이, 심검이 움직였다.

지잉—

꽈드드드…….

일그러지던 공간이 멈췄다.

기이하게 살짝 비틀려진 공간, 그 상태 그대로.

아이작 역시 멀쩡했다.

아니, 멀쩡해 보였다. 아이작의 몸은 여전히 심장이 뛰고 숨을 쉬고 있었다.

하지만… 이미 영혼이 떠난 빈껍데기일 뿐이었다.

"재밌었다."

자하르가 검을 뽑았다.

그리고 아이작을 향해 가볍게 검을 휘둘렀다.

서걱—!

아이작은, 죽었다.

에필로그

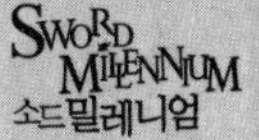

"…엠병."

서너 살이나 되었을까?

이제 갓 말하고, 걸음질을 시작할 어린아이의 입에서 어늘한 억양의 험한 말이 튀어나왔다. 똘망똘망해야 할 어린아이의 눈은 세상 다 산 표정을 짓는데 한몫 거들고 있었다.

종종걸음으로 침대에서 폴짝 내려온 아이가 지나치게 넓은 방안에 걸려 있는 어른 키만 한 거울 앞으로 걸어갔다.

"카르안?"

아이는 자신의 이름을 중얼거렸다.

아이의 표정이 일그러지다 못해 구겨졌다. 정녕 이것이 순진무구해야 할 아이가 지을 수 있는 표정이 맞나 싶을 정도로.

당연했다.

카르안이라는 이름을 가진 아이는, 몸만 아이일 뿐 머릿속에 든 인격은 다른 누군가였으니 말이다.

아니, 어찌 보면 아이가 맞을지도 모른다.

'왜 갑자기 또 천 년 전으로 돌아온 거지?

분명 천 년 후의 세상에서 자하르로 태어나 자하르로 살다가 죽었다. 백오십 나이를 채운, 소위 벽에 똥칠할 때까지 살다가 수명이 다해 죽었다.

죽는 순간에 이젠 좀 쉬어볼까 하는 생각까지 들었는데…….

아니, 문제는 그게 아니었다. 가장 큰 문제가 남아 있었다.

그리고 불길한 예감은 꼭 틀린 적이 없더라는 것이다.

'설마… 아이작 그 새끼도?

멍하니 거울을 바라보던 아이의 입이 귀엽게 벌어졌다.

"시발…….."

『소드 밀레니엄』 완결

총수의 귀환
FUSION FANTASTIC STORY
총수의 귀환
1
텀블러 장편 소설
총수의 귀환
2
텀블러 장편 소설